HEILBRONNER

www.tredition.de

© 2019 Heilbronner Schreibtischtäter
www.heilbronnerschreibtischtaeter.jimdo.com

Covergestaltung:	TomJay – bookcover4everyone
	www.tomjay.de
Bildmaterial:	YuliaShlyahova / Fotolia.com
	dovla982 / Shutterstock.com
	jakkapan / Shutterstock.com
	Betacam-SP / Shutterstock.com
	NadzeyaShanchuk / Shutterstock.com
Korrektorat:	Lektor-hoch-drei, Waiblingen
	www.lektor-hoch-drei.de
Logo:	Tanja Koller
Verlag und Druck:	tredition GmbH
	Halenreihe 40-44, 22359 Hamburg
ISBN:	Paperback: 978-3-7482-2967-4
	e-Book: 978-3-7482-2968-1

Heilbronner Schreibtischtäter

FAMILIENBANDE

Geschichten von Liebe und Hass

Wir bedanken uns bei allen, die uns bei der Erstellung dieses Buches begleitet und unterstützt haben. Bei Joachim Speidel für das Korrektorat, bei Thorsten Jurai für das wunderschöne Cover und bei Tanja für das schöne Logo, das genau rechtzeitig da war. Und natürlich bei unseren Familien, die uns zum Glück selten Vorbilder für die Geschichten in diesem Buch waren, unser Schreiben aber jederzeit unterstützen.

Inhalt

Bianca Heidelberg

Bratkartoffelverhältnis

Bratkartoffelverhältnis.
Zwei Menschen.
Mann nutzt aus.
Frau lässt es geschehen.
Selbstverschuldet.

42-Jährige ertrinkt im Neckar

Heilbronn - Eine in Heilbronn wohnhafte Frau ertrank gestern bei der Museumsinsel im Neckar. Ein 18-jähriger Obdachloser beobachtete, wie die 42-Jährige in den Neckar fiel und sofort unterging. Er eilte hinzu, sprang in den Fluss und zog die Frau aus dem Wasser. Der junge Mann versuchte, die Frau zu reanimieren. Der herbeigerufene Notarzt konnte nur noch ihren Tod feststellen. Zeugenaussagen deuten darauf hin, dass die Frau alkoholisiert war.

Anna seufzte genervt. Luca sah kurz zu ihr hinüber und strich mit den Fingern sanft über ihre Hand. Anna lächelte ihm zu und blickte wieder nach vorne. Neben dem Altar stand der schlichte Holzsarg, in dem ihre Mutter lag. Der einzige Kranz betonte mit seiner Anwesenheit das Fehlen weiterer Kränze. Neben dem Sarg stand der Pfarrer und hielt seinen Monolog. Lachhaft, dass jemand über ihre Mutter sprach, der keine Ahnung hatte.

»Gott unterzog Ina Kurz einer schweren Prüfung, als er ihr vor drei Jahren den Mann nahm. Seitdem sorgte sie allein für sich und ihre Tochter Anna, die damals 15 Jahre alt war, ein Teenager, wie man heute sagt.«

Annas Gedanken schweiften von der Rede des Pfarrers ab in die Vergangenheit. Die Tage nach dem Tod ihres Vaters waren für sie verschwommen. An die Beerdigung ihres Vaters hatte sie keine Erinnerung. Oder daran, was sie in den Tagen danach getan hatte. Sie erinnerte sich nicht an den ersten Vollrausch ihrer Mutter. Nur an die Zeit, als es normal gewesen war, dass ihre Mutter betrunken war. Daran, wie sie hungrig von der Schule kam und kein Essen auf dem Tisch stand. Bis Anna gelernt hatte, selbst einzukaufen und zu kochen. Das Haus einigermaßen ordentlich zu halten. Sie erinnerte sich noch genau an die erste Ohrfeige, die sie von ihrer Mutter bekommen hatte. Und an die letzte.

Es war an einem regnerischen Tag im März. Vor vier Monaten. Der letzte Tag ihres alten Lebens. Anna kam tropfnass von der Schule nach Hause. Sie stellte die Tasche mit den Einkäufen auf den Küchentisch und schaute ins Wohnzimmer. Ihre Mutter saß auf dem Sofa, hielt eine Flasche Bier in der Hand und starrte auf den heruntergelassenen Rollladen. Ein widerlicher Geruch nach Bier und ungewaschenen Haaren zog in Annas Nase. Energisch zog sie den Rollladen hoch und öffnete das Fenster.

»Mach es wieder zu«, sagte ihre Mutter mit energieloser Stimme.

Anna räumte die leeren Flaschen vom Wohnzimmertisch und ging in die Küche.

»Ich hab gesagt, mach es wieder zu«, rief ihre Mutter aus dem Wohnzimmer.

Anna räumte die Lebensmittel auf und begann, Möhren zu schneiden. Ihre Mutter stellte sich in den Türrahmen und hielt sich mit einer Hand daran fest. Ihr Körper schwankte vor und zurück. Sie hob ihre Bierflasche und prostete Anna zu.

»Auf meine gehorsame Tochter«, sagte sie lallend und trank einen Schluck. »Wenn du schon die Hausherrin spielst, kannst du in Zukunft auch das Geld verdienen. Die haben mich rausgeschmissen.«

»Ach, haben sie's endlich geschnallt«, sagte Anna trocken.

»Halt's Maul!«, sagte ihre Mutter.

»Halt du dein Maul!«, rief Anna aufgebracht. »Du solltest dich um mich kümmern! Erst recht, seit Papa tot ist.«

Annas Mutter schwankte noch heftiger im Türrahmen. Mit wutverzerrtem Gesicht schrie sie ihre Tochter an.

»Dein Vater hat es vorgezogen, sich aus dem Leben zu verpissen.«

Anna spürte ein Klicken in ihrem Kopf. Endlich kam der gerechte Zorn zum Vorschein, den der Kampf ums Überleben viel zu oft unter sich begrub.

»Wer weiß, ob du nicht der Grund dafür warst«, sagte sie in giftigem Tonfall.

Mit zwei Schritten war ihre Mutter bei ihr. Im nächsten Moment spürte Anna ein Brennen in ihrem Gesicht. Das Gefühl war ihr vertraut. Zu vertraut. Doch diesmal war ihre Wut groß genug. Wie von selbst hob sich Annas Hand und landete mit einem lauten Klatschen auf der Wange ihrer Mutter. Einen Moment starrten die beiden sich an.

»Das machst du nie wieder«, zischte Anna.

Ihre Mutter hob drohend die Hand. »Raus!«, schrie sie. »Ich will dich nie wieder sehen, hörst du!«

Anna brauchte fünf Minuten, um die wichtigsten Sachen zu packen und das Haus zu verlassen.

»Bratkartoffelverhältnis«, sagte Anna. Sie und Luca blickten dem Mann im Anzug unverhohlen hinterher.

»Bratkartoffelverhältnis?«, wiederholte Luca bedächtig und legte den Kopf schief. »Wenn das heißt, dass ich jeden Tag Bratkartoffeln zu essen bekomme, dann will ich dein Bratkartoffelverhältnis sein.«

Anna prustete. »Das heißt, dass der sicher ein Dummchen zu Hause hat, das für ihn putzt und kocht. Nein danke!«

Luca nickte verständnisvoll. Er wusste, wie Annas Leben in den letzten beiden Jahren verlaufen war.

Anna bemerkte sein Nicken nicht. Ihre Augen suchten schon ein neues Ziel unter den Passanten. Ihre Finger spielten mit ihren langen, blonden Haaren. Annas Blick blieb an einem jungen Mann hängen, der schäbige Jeans und ein zerknittertes Hemd trug. Er schlenderte gemütlich über den Heilbronner Rathausplatz.

»Dauersingle«, sagte sie bestimmt. Luca folgte ihrer Blickrichtung.

»Affären«, entgegnete er.

Anna sah ihn an. »Papperlapapp«, sagte sie. »Wer nimmt denn so einen?«

Luca zog eine Augenbraue hoch. »Das ist der Künstlertyp. Gib ihm eine Gitarre in die Hand, und die Frauen schmelzen dahin.«

Anna lachte. »Hättest du wohl gern«, erwiderte sie und blickte vielsagend auf Lucas Gitarre, die neben ihm an der Wand lehnte, und dann auf seine schmuddelige Kleidung und seine halblangen, leicht gelockten schwarzen Haare. Die beiden saßen auf der Treppe vor dem Heilbronner Rathaus und spielten ihr Lieblingsspiel. Beziehungsstatusraten.

Luca grinste. »Um nochmal auf Bratkartoffeln zu kommen«, sagte er. »Wenn ich Kartoffeln besorge, brätst du sie dann?« Er blickte hinauf zu Anna, die eine Stufe über ihm saß, und legte seinen Hündchenblick auf.

Anna schnaubte. »Zum Braten braucht man eine Pfanne«, sagte sie in einem Ton, als würde sie mit einem Zweijährigen sprechen. »Wir haben nicht einmal einen Dosenöffner. Deshalb haben wir schließlich seit zwei Monaten ungeöffnete Dosenaprikosen in unserem Quartier. Und wer hat den Quatsch geklaut?« Sie schaute ihn mit hochgezogenen Augenbrauen an.

»Ich liebe es, wenn du so mit mir sprichst, Bella«, sagte Luca theatralisch. Anna verdrehte die Augen. Die beiden brachen in Gelächter aus.

»Hey, ihr Faulpelze! Ratet mal, was ich uns besorgt habe«, rief eine Stimme hinter Anna. Die beiden drehten ihre Köpfe und schauten die Treppe hinauf. Auf dem Podest stand Valentina und vollführte einen Freudentanz mit einer Flasche Shampoo.

Anna sprang auf und gesellte sich zu dem zierlichen Mädchen, das die gleichen dunklen Locken und braunen Augen hatte wie Luca.

»Valentina, du bist die Beste«, rief Anna und tanzte mit. »Meine Haare brauchen dringend mal wieder eine Wäsche.«

»Ich frage lieber nicht, woher mein Schwesterchen das hat«, sagte Luca und schüttelte den Kopf.

Valentina zuckte mit den Achseln. »Wenn die das Zeug auch immer vor die Tür stellen.«

»Luca, du darfst dir unser Essen heute allein verdienen, ich muss dringend Haare waschen«, sagte Anna und zog Valentina mit sich. Die beiden Mädchen ignorierten Lucas Protest und liefen kichernd davon.

»Himmlisch«, sagte Valentina.

Anna seufzte. »Das Beste seit Langem«, sagte sie. »Ich hätte nie gedacht, dass ich mich mal so sehr über Shampoo freue.«

Die beiden lagen in Unterhose und überlangem Shirt auf einer Wiese am Neckar und ließen ihre Haare in der Sonne trocknen. Ein paar nasse Kleidungsstücke hingen verstreut über Bäumen und Büschen.

Anna zog eine blonde Strähne an ihre Nase und schnupperte. »Mmmhhh, welch ein Duft!« Plötzlich fiel ein Schatten über sie. »Luca, geh aus der Sonne«, sagte sie ärgerlich. Sie öffnete ihre Augen genau in dem Moment, in dem Luca einen Schritt zur Seite trat. Geblendet schloss sie die Augen wieder. »Mann!«, rief sie.

Luca lachte.

»Du könntest dich auch mal wieder waschen«, sagte Valentina und rümpfte ihre Nase.

Luca ließ sich ins Gras plumpsen. »Momentan habe ich Besseres zu tun«, sagte er wichtigtuerisch und öffnete eine Tüte. Abrupt setzten sich die Mädchen auf und sogen gierig den Duft ein.

»Waaa!«, rief Valentina und griff hinein.

Luca entzog ihr die Tüte. »Immer mit der Ruhe«, sagte er und holte eine Aluminiumschale hervor. Valentinas Augen wurden kugelrund.

Annas Mund verzog sich zu einem breiten Grinsen. »Wie bist du denn an so viel Geld gekommen?«, fragte sie.

»Och«, sagte Luca und zuckte mit den Schultern. »Das war keine Frage des Geldes, sondern des Charmes.« Er zwinkerte Anna zu.

Sie verdrehte die Augen. »Ach ja, ich vergaß, euch feurigen Italienern kann keine Frau widerstehen.«

»Halbitaliener«, sagte Luca, während er die Schale auf den Boden stellte und öffnete.

»Geilo, Bratkartoffeln!«, rief Valentina begeistert.

Anna lachte. Luca zwinkerte ihr zu.

Als jeder eine Plastikgabel in der Hand hielt, sahen sie sich feierlich an. Luca nickte seiner kleinen Schwester zu.

»Und los«, rief sie und alle drei stürzten sich ausgehungert auf das Essen.

Eine Viertelstunde später lagen sie im Gras und hielten sich die Bäuche.

»Mann, bin ich satt.« Luca stöhnte.

»Was für ein geiler Tag«, sagte Anna. »Haare waschen und essen bis zum Umfallen. Was braucht man mehr!«

»Und das alles in Freiheit«, sagte Valentina und seufzte.

Die Freunde kicherten und blinzelten in die Sonne. Anna drehte sich auf die Seite und schaute die beiden Geschwister an.

»Wollt ihr irgendwann mal wieder normal leben? Ein festes Dach über dem Kopf haben?«, fragte sie.

»Klar«, sagte Luca. »Aber frühestens in drei Jahren, wenn Vali achtzehn ist.« Liebevoll sah er zu seiner jüngeren Schwester. »Ich lass nicht zu, dass sie nochmal in ein Heim gesteckt wird.«

Valentina gab einen Grunzlaut von sich. »Und wie willst du das bezahlen?«

»Ich werd schon was finden, was uns über Wasser hält. Und du gehst zur Schule und lernst was Ordentliches. Danach brauchen wir uns keine Sorgen mehr machen.«

»Wie ist es hier draußen im Winter?«, fragte Anna. Sie lebte erst seit vier Monaten mit den Geschwistern auf der Straße und hatte Angst vor dem Schnee und der Kälte. Die beiden hatten immerhin schon zwei Winter auf der Straße überlebt.

Valentina verzog das Gesicht.

»Arschkalt«, sagte sie.

Anna musste gegen ihren Willen lachen. »Ich hab Angst vor dem Winter«, gab sie zu und schaute in den Himmel. Eine einzelne weiße Wolke zog vorüber. Sie sah aus wie ein Igel. Anna liebte Igel.

»Keine Sorge, wir kennen uns aus«, sagte Luca beschwichtigend.

»Ja, wir schaffen das schon«, murmelte Valentina weniger überzeugend. »Ich wünschte, Mama und Papa würden noch leben«, sagte sie und seufzte.

Anna dachte an ihr Zuhause und seufzte ebenfalls. Ihre Mutter hatte sie zwar hinausgeworfen, würde sie aber sicher wieder aufnehmen. Aber sie wusste, wie es laufen würde. Und Anna hatte sich an jenem Tag etwas geschworen: Nie wieder würde sie sich ungestraft schlagen lassen!

Luca nahm Valentinas Hand und die von Anna und drückte sie sanft. »Wir schaffen das! Wir sind jetzt eine Familie«, sagte er. Dann räusperte er sich. »Ich geh mich mal waschen.«

»Wer war eigentlich Robert Mayer?«, fragte Anna. Valentina und Luca zuckten mit den Schultern. Die drei saßen wie so oft auf der Treppe vor dem Heilbronner Rathaus. Das Gemurmel von Menschen, die auf dem Markt einkauften, brummte sanft in ihren Ohren. Annas Blick blieb noch eine Weile an der Statue hängen, die entspannt und selbstsicher auf ihrem Stuhl saß. Plötzlich sah Anna eine Frau, die ihr bekannt vorkam. Sie brauchte zwei Sekunden, um zu verstehen, wen sie sah.

Ihre Mutter.

Anna sank auf der Treppe in sich zusammen und zog ihr Käppi tiefer ins Gesicht. Luca und Valentina sahen sie fragend an. Anna schüttelte den Kopf und beobachtete ihre Mutter. Die ging leicht schwankend zum Obst- und Gemüsestand vor dem Robert-Mayer-Denkmal. Sie redete kurz mit dem Verkäufer, der ihr eine Tüte voller Weintrauben reichte. Ihre Mutter bezahlte und drehte sich um. Im Umdrehen sah sie zur Treppe hinüber. Ihre Augen weiteten sich und ihre Lippen formten Annas Namen. Anna stand auf und rannte davon.

Anna saß auf ihrem Lieblingsplatz, dem Steg unter der Friedrich-Ebert-Brücke, und ließ ihre Beine baumeln. Direkt über ihr hing ein grünes Schild. *Willkommen auf der Insel.* Sie dachte zurück an den

Tag, an dem ihre Mutter sie geschlagen und dann hinausgeworfen hatte. Nie wieder, hatte sie sich geschworen. Und sie wusste, dass ihre Mutter sich nicht ändern würde. Dazu war sie gar nicht mehr in der Lage. Nein, sie wollte nicht nach Hause zurück, auch wenn es schwer war, auf der Straße zu leben. Sie wollte ihre Mutter nie wieder sehen.

»Anna!« Die Stimme ihrer Mutter riss Anna aus ihren Gedanken. Sie sprang auf, konnte aber nicht entkommen. Ihre Mutter stand bereits am anderen Ende des Steges. Die beiden starrten sich an. Die gleichen blauen Augen, die gleichen blonden Haare. Die eine stand stocksteif, die andere wankte hin und her wie ein Fähnlein im Wind.

»Anna!«, rief ihre Mutter noch einmal. Anna schaute zur Seite, auf das träge dahinfließende Wasser. »Anna, bitte komm zurück!« Nach quälend langen Minuten fuhr ihre Mutter fort. »Ich kann es nicht mehr lange verheimlichen, dass du weg bist. Bitte, komm zurück!«

Anna schnaubte. »Ach, darum geht es dir. Sorgst du dich um deinen guten Ruf?« Ihr Ton zeigte, für wie gut sie den Ruf ihrer Mutter hielt.

Ihre Mutter kam schwankend näher.

Anna schaute hinter sich. Sie stand genau an der Kante des Steges. Ein dicker Ast ragte aus dem Wasser und verwirbelte es. »Lass mich in Ruhe«, sagte sie mit zitternder Stimme.

Der Gesichtsausdruck ihrer Mutter wurde ärgerlich. »Du tust gefälligst, was ich dir sage«, sagte sie in scharfem Ton, der durch das Lallen in ihrer Stimme ruiniert wurde.

»Das zieht nicht mehr, Mama«, sagte Anna, so ruhig sie konnte. »Ich komme auch ohne dich klar. Außerdem werde ich übermorgen achtzehn. Du hast mir gar nichts zu sagen.«

Das Gesicht ihrer Mutter nahm einen gefährlichen Rotton an. Sie stolperte auf Anna zu und packte sie am Arm. »Du kommst jetzt sofort mit!«

»Du stinkst«, schrie Anna und versuchte, ihren Arm freizubekommen. Die Hand ihrer Mutter umklammerte ihn mit erstaunlicher Kraft, während der restliche Körper mit jeder Armbewegung von Anna heftig hin und her schwankte. Mit einem Ruck bekam Anna ihren Arm endlich frei. Ihre Mutter verlor das Gleichgewicht und prallte gegen das Geländer. Anna wich aus. Jetzt stand ihre Mutter gefährlich nahe am Rand des Stegs.

»Blöde Schlampe«, kreischte Annas Mutter. Sie hob ihre Hand.

»Du schlägst mich nie wieder!« Anna versetzte ihrer Mutter einen Stoß gegen die Brust. Mit einem Platschen kam sie auf der Wasseroberfläche auf. Bewegungslos beobachtete Anna, wie ihre Mutter ein paar schwache Schwimmversuche unternahm und dann wie ein Stein unterging. Langsam drehte sie sich um und ging.

Als Anna die Stufen zur Brücke hinaufstieg, kam Luca angerannt. Nach einem kurzen Blick auf sie schaute er schuldbewusst zu Boden.

»Sorry«, sagte er. »Vali hat sie hierher geschickt. Sie weiß es ja nicht.«

»Kein Thema«, sagte Anna tonlos und starrte an ihm vorbei ins Leere. Luca blickte auf.

»Anna, alles in Ordnung?«, fragte er. Er legte seine Hände auf ihre Schultern und sah sie prüfend an.

Anna sah ihn an und grinste plötzlich. »Alles gut«, sagte sie. »Ich hab meine Mutter in den Neckar gestoßen.«

»Du hast was?« Luca beugte sich über das Geländer und blickte suchend auf den Fluss.

»Gib dir keine Mühe«, sagte Anna gut gelaunt. »Die war mal wieder so besoffen, die ist längst ertrunken.« Mit diesen Worten drehte sie sich um und stieg die letzten Stufen hinauf. Lucas Schritte auf der Treppe hallten in ihren Ohren.

»Im Namen des Vaters und des Sohnes und des Heiligen Geistes. Amen.«

Die Worte des Pfarrers rissen Anna aus ihren Gedanken. Wie ein Roboter ging sie hinter dem Sarg her, warf eine Schaufel Erde ins Grab und beobachtete, wie sich immer mehr davon auf dem Sarg anhäufte. Für sie wurde nur ein vergangener Lebensabschnitt begraben. Ungeduldig wartete sie darauf, dass die Schlange derer, die ihr kondolieren wollten, zu Ende war. Am Schluss standen noch Luca und Valentina neben ihr. Anna schaute die beiden an.

»Also«, sagte sie mit einem Zwinkern und hielt ihren Hausschlüssel in die Höhe, »wie wäre es mit einem Bratkartoffelverhältnis?«

»Bratkartoffelverhältnis?«, fragte Valentina verständnislos.

»Wenn du die Kartoffeln schälst«, erwiderte Luca grinsend.

»Die Rollenverteilung müssen wir noch ausknobeln«, sagte Anna lachend. Die Geschwister nahmen sie in die Mitte, und die drei schlenderten Arm in Arm vom Friedhof.

Bianca Heidelberg

Die Bierbeschaffungsmaßnahme

Bier.
Manchen schmeckt's.
Anderen noch besser.
Schmeckt es zu gut:
Alkoholismus.

Edgar Wachenfeld war der Chef der Bande. Weil er immer und überall der Chef war. Zumindest hatte er in seinem früheren Leben, wie er es nannte, eine Firma geleitet. Siebzehnhundert Menschen, und alle hatten auf sein Kommando gehört. Jetzt, mit sechzig Jahren, versuchte er, seine drei durchgeknallten Freunde zu führen. Was ehrlich gesagt viel schwieriger war, als eine Firma zu leiten. Sie saßen zu dritt auf einer Parkbank im Luisenpark in Bruchsal, Edgar in der Mitte. Die braunen Blätter auf dem Boden wurden vom Wind umhergewirbelt, als führten sie einen Tanz auf.

»Titus, ich halte das für keine gute Idee«, sagte Edgar. »Das ist in deinem Alter nicht das Richtige. Du bekommst selten was Anständiges zu essen, und im Winter wird es empfindlich kalt.«

Titus schnaubte. »Essen auf Rädern ist auch kein anständiges Essen, Ede. Nein, nein, ich lass mich nicht so einfach abschieben. Da geh ich lieber selbst.« Er unterstrich seine Worte, indem er mit seinem Stock mehrfach auf den Boden klopfte.

»Das Bier schmeckt scheiße«, maulte Olaf Renkewitz. Er beäugte die Bierflasche, die er auf seinem dicken Bauch abstützte, nahm noch einen Schluck und verzog das Gesicht.

»Nörgel nicht«, sagte Edgar und redete weiter auf Titus ein, der immer wieder halsstarrig den Kopf schüttelte.

Plötzlich schaute Titus auf wie ein Hund, der Witterung aufgenommen hat. »Ah, da kommt Peter. Vielleicht erlöst er mich von dem Thema.«

Die beiden anderen drehten die Köpfe und beobachteten, wie Peter sich ihnen näherte. Er saß in seinem Rollstuhl und zog sich mit den Füßen voran, sodass er aussah wie ein Einsiedlerkrebs, der sein Schneckenhaus hinter sich herzieht. Ächzend manövrierte er seinen Rollstuhl vor die Bank, sodass er den anderen gegenüber saß. Dann griff er hinter sich und zog eine Bierflasche hervor. Nachdem er sie an der Armlehne geöffnet hatte, prostete er den anderen zu.

»Du fauler Hund, tragen dich deine Beine überhaupt noch?«, fragte Edgar.

Peter lachte. »Keine Ahnung, schon lang nicht mehr getestet.«

Titus schüttelte missbilligend den Kopf.

»Lass den Peter, der ist angeschissen genug mit seiner Behinderung«, sagte Olaf in weinerlichem Tonfall.

»Oll, wann hast du eigentlich das Denken eingestellt?«, fragte Titus. Einzig die Lachfalten hinter seinen Brillengläsern zeigten, dass er sich amüsierte.

»Und du, tu nicht so schlau. Du machst mir am meisten Sorgen«, sagte Edgar in vorwurfsvollem Tonfall zu Titus.

»Aha«, sagte Peter und sah Titus neugierig an.

Titus seufzte genervt. »Nicht wieder von vorne.«

Peter sah zu Edgar. »Na los, Ede, sag schon.«

Edgar zeigte mit dem Finger auf Titus. »Dieser alte Narr will aus seinem warmen Nest flüchten und sich unserem Leben auf der Straße anschließen. Wie kann man mit achtzig so unvernünftig sein?«

»Von wegen warmes Nest«, sagte Titus erbost und fuchtelte so heftig mit seinem Stock, dass die anderen zurückwichen. »Meine Tochter will mich ins Heim abschieben.«

Peter lachte. »Sei doch froh, du kriegst 'ne Rund-um-die-Uhr-Versorgung. Wer soll dir denn den Arsch waschen, wenn du auf der Straße lebst? Ich bestimmt nicht.«

»Wir wissen, dass du keinen Finger krumm machst, Muttersöhnchen«, warf Edgar ein. »Aber er hat recht, Titus, du brauchst jemanden, der sich um dich kümmert. Wir sind selbst nicht mehr die Jüngsten. Außerdem soll es einen Jahrhundertwinter geben. Habt ihr euch darüber schon Gedanken gemacht?«

»Quatsch mit Soße!« Peter lehnte sich in seinem Rollstuhl zurück und verschränkte die Arme vor der Brust. »Ich mach's wie immer. Du doch sicher auch, Ede.« Peter grinste anzüglich.

Titus lachte und schüttelte den Kopf. »Edgar und die Frauen.«

»Für einen warmen Hintern kann man doch mal ein paar Monate seine Freiheit einschränken«, erwiderte Edgar. »Das würde euch auch guttun. Selbst für Olaf würden wir eine Dumme finden.«

Peter lachte. »Ohne mich! Alles Fotzen außer Mutti«, sagte er, prostete Edgar mit seiner Flasche zu und nahm einen Schluck.

»Scheiße noch mal, mein Bier ist leer!«, rief Olaf und kratzte sich unter seiner Hose am Hintern.

Peter starrte demonstrativ ins Nichts. Edgar trat Peter gegen das Schienbein.

»Wieso immer ich?«, maulte Peter.

»Du hast so lange billig bei Mutti gelebt, dein Geld reicht noch eine Weile.« Edgar blickte ihn streng an.

»Gott hab sie selig«, murmelte Peter. Widerstrebend griff er nach einer Flasche und streckte sie Olaf hin.

Dieser zog seine Hand aus seiner Hose, begutachtete den Dreck unter seinen Fingernägeln und nahm dann die Flasche. »Schmeckt genauso beschissen«, sagte er nach einem Schluck.

»Und jetzt auch noch motzen, das macht der jedes Mal«, beschwerte sich Peter.

Titus klopfte mit seinem Stock auf den Boden. »Billigbier schmeckt nun mal nach Billigbier«, sagte er in seiner besten Schulmeisterstimme.

»Von deinen schlauen Sprüchen kann ich mir nix kaufen«, maulte Olaf.

»Da hat er recht«, sagte Peter. »Und gutes Bier ist viel zu teuer für uns.«

Edgar starrte auf seine Flasche. Das Bier schmeckte tatsächlich beschissen. Früher hatte er sich jedes Bier leisten können, das er gewollt hatte. Mindestens einmal die Woche hatte er Champagner getrunken. »Was wir brauchen, ist Geld«, murmelte er.

»Weise gesprochen«, erwiderte Titus. »Nur: wo finden, wenn nicht stehlen?«

Peter klatschte in die Hände. »Das ist die Idee des Jahrhunderts.« Titus blickte ihn irritiert an. »Wir klauen Geld«, sagte Peter. »Oder Bier. Egal.«

»Scheißidee«, rief Olaf dazwischen, aber niemand reagierte darauf.

Titus und Peter sahen erwartungsvoll zu Edgar. Der saß grübelnd auf der Bank und strich immer wieder mit seiner rechten Hand über seinen Vollbart. Dann stand er mit einem Ruck auf.

»Also gut«, sagte er und seine blauen Augen funkelten, »wir besorgen uns kostenloses, gutes Bier.«

Peter applaudierte.

Titus runzelte die Augenbrauen.

»Ich muss schiffen«, sagte Olaf und trat zwischen die Büsche neben der Bank.

»Herrgott noch mal, Oll, kannst du nicht da hinten pissen?«, schimpfte Titus. Noch während er sprach, begann es zu plätschern, und er schüttelte resigniert den Kopf.

Peter lachte. Es klang wie das Meckern einer Ziege.

Edgar bückte sich nach einem dünnen Ast und ordnete ein paar Steinchen sorgfältig auf dem Boden an. Die anderen kamen neugierig näher.

»Also«, begann er und zeigte mit dem Stock auf einen Stein, »hier sind wir gerade, da befindet sich die kleine Tankstelle. Nachts ist sie geschlossen, und heute Nacht werden wir uns bedienen.« Er deutete eine gezackte Linie zwischen ihrem Standort und der Tankstelle an. »Auf diesem Weg nähern wir uns. Und das ist unser Fluchtweg.«

»Heutzutage ist doch alles alarmgesichert«, warf Titus ein. »Und überhaupt, ich klaue nicht.«

»Willst du auf der Straße leben oder nicht?«, fragte Edgar und starrte ihn an, als wäre er der Habicht und Titus das Kaninchen.

»Ja, schon«, murmelte Titus und fummelte an seiner Brille herum.

»Mitgehangen, mitgefangen«, sagte Edgar.

Titus seufzte. »Also gut, ich bin dabei.«

»Die Alarmanlage ist kein Problem«, fuhr Edgar fort. »Wir müssen nur schnell machen. Wir besorgen uns vorher beim Supermarkt einen Einkaufswagen, laden den mit Bier voll und sind auch schon weg, bevor die Bullen überhaupt losgefahren sind.«

»Scheißidee. Wir sitzen alle ein«, murmelte Olaf vor sich hin.

»Schlag was Besseres vor«, erwiderte Edgar.

Olaf blickte stumm vor sich auf den Boden.

Edgar setzte seinen Vortrag fort. »Olaf, du besorgst den Einkaufswagen. Olaf, hast du zugehört?«

Olaf winkte einem kleinen Mädchen hinterher, indem er die Finger abwechselnd beugte und streckte, und lächelte dabei wie ein schwachsinniger Bullterrier.

Peter stieß ihn unsanft an.

Olaf schaute auf. »Was, ich? Ja, ja.«

Edgar klopfte mit dem Stock auf den Boden. »Heute Nacht um Punkt drei Uhr treffen wir uns vor der Tankstelle. Ich verschaffe uns Zutritt. Titus, du stehst Schmiere, Olaf schiebt den Wagen, und Peter und ich laden ein.«

»Wieso darf ich nicht Schmiere stehen? Mit meinem Rollstuhl ist es zu eng in der Tankstelle«, beschwerte sich Peter.

Edgar pikste ihm mit dem Stock in den Bauch. »Du darfst deine Beine mal wieder testen, du fauler Strick. Du setzt langsam Fett an.«

»Immer auf die Behinderten, du Rassist«, nörgelte Olaf. Peter lachte.

»Noch Fragen?«, fragte Edgar.

»Scheißplan«, sagte Olaf.

»Der Olle ist dagegen, also bin ich dafür.« Peter grinste vergnügt. Titus strich sich seufzend durch seine kurzen, weißen Haare. »Ich fürchte, Oll hat recht, aber ich bin dabei.«

»Darauf ein Bier«, rief Peter und öffnete seine nächste Flasche.

»Scheiße, Oll, was wollen wir denn mit einem Kinderwagen?«, rief Edgar aufgebracht. »Du Armleuchter!«

»Pst, nicht so laut«, flüsterte Titus.

Olaf blieb abrupt stehen und starrte dümmlich auf den Kinderwagen, den er vor sich herschob. »Den hab ich gefunden. Stand einfach so rum. Da hab ich mir gedacht, da passt auch Bier rein.«

Edgar schnaubte. »So, gedacht hast du. Wo bleibt eigentlich Peter?«

»Hey, Ede, was macht denn der Gullydeckel in dem Bollerwagen?«, rief Peter im Heranrollen.

»Mensch, jetzt seid doch mal leise, ihr zieht ja alle Aufmerksamkeit auf uns.« Titus fuchtelte nervös mit seinem Stock herum.

»Ruhe jetzt!«, rief Edgar. »Aus dem Weg, Rollmops. Oll, hierher, pack mit an. Ins Fenster damit.« Edgar und Olaf wuchteten den Gullydeckel aus dem Bollerwagen. »Eins, zwei und los«, rief Edgar und ächzte. Der Gullydeckel flog und landete mit lautem Gepolter auf dem Bürgersteig vor dem Fenster. »Du Idiot! Noch mal, diesmal mit Schwung!« Gehorsam packte Olaf wieder mit an. Diesmal landete der schwere Klotz im Glas. Und malte mit lautem Knall ein filigranes Netz in die Scheibe, bevor er zu Boden fiel. »Scheiße!«

»Sollen wir nicht lieber die Tür aufhebeln?«, fragte Titus und sah sich ängstlich um.

Ohne ein Wort hoben Edgar und Olaf den Gullydeckel ein weiteres Mal auf. Diesmal ertönte das Geräusch von splitterndem Glas.

»Los, rein da«, befahl Edgar. Olaf trottete durch die Scherben und trat durch die Öffnung, gefolgt von Edgar.

»Los, Peter, mach schon«, rief Edgar.

»Ich komm da mit meinem Rollstuhl nicht durch.«

»Verdammte Kacke, schwing deine Beine aus dem Ding und komm her«, schrie Edgar. Er preschte auf Peter zu und zerrte ihn am Hemdkragen hoch. »Na also, geht doch.« Mit gesenktem Kopf und vor sich hin murmelnd folgte Peter ihm durch die zerbrochene Scheibe.

Olaf sah Peter ungläubig an. »Peter, du kannst gehen. Du bist geheilt«, rief er und ging auf ihn zu. Er nahm ihn fest in die Arme und klopfte auf seinen Rücken.

»Kein Grund, mich umzubringen.« Peter röchelte.

Edgar hielt bereits einige Bierflaschen in der Hand und fuchtelte mit ihnen herum. »Oll, du Matschbirne, her mit dem Wagen!«

Gehorsam schob Olaf den Kinderwagen durch die Regalreihen, während Edgar und Peter Flaschen hineinlegten.

»Peter, ich kann es immer noch nicht glauben«, murmelte Olaf immer wieder.

»Los, Peter, was ist denn?«, rief Edgar ungeduldig, als er merkte, dass Peter zurückblieb.

Peter hielt etwas in der Hand und starrte sehnsüchtig darauf. Es war ein Feuerzeug in Form eines Lastwagens. »Ede, darf ich das haben?«, fragte er wie ein kleiner Junge.

»Mann, wir sind hier auf Bierklau, sonst nichts.«

Peter schaute beleidigt. Als Edgar sich umdrehte und weitere Flaschen einpackte, legte er das Feuerzeug schnell zwischen ein paar Flaschen in den Kinderwagen.

Mit vollem Wagen steuerte Olaf schließlich auf das Fenster zu. »Uff«, machte er, als er mit dem Wagen gegen die Kante auf dem Boden fuhr und sein dicker Bauch gegen den Wagen stieß. Er fuhr einen Meter zurück und steuerte dann mit höherer Geschwindigkeit gegen die Kante. Und noch einmal und noch einmal.

»Hör doch auf mit dem Blödsinn«, fuhr Edgar ihn an und bückte sich, um die Vorderräder anzuheben. Gemeinsam manövrierten sie den Kinderwagen aus der Tankstelle.

Als sie auf dem Gehweg standen, bog ein Polizeiwagen um die Kurve. Alle vier erstarrten.

»Polizei«, krächzte Olaf.

Der Wagen hielt direkt vor ihnen und zwei Polizisten stiegen aus. »Stehen bleiben, Polizei!«, rief einer. Hinter ihm brauste bereits ein weiteres Polizeiauto heran.

»Rette sich, wer kann«, schrie Peter und lief zu seinem Rollstuhl. In seinem gewohnten Krebsgang schleifte er sich samt Rollstuhl im Schneckentempo davon.

Olaf starrte mit offenem Mund das Polizeiauto an, dann drehte er sich um und rannte laut schnaufend mit dem Kinderwagen voll Bier die Straße entlang.

Titus senkte ergeben seinen Kopf und Edgar legte ihm die Hand auf die Schulter.

Ein großer, schlanker Polizist schlenderte auf ihn zu und deutete seinen Kollegen an, den Rest der Bande zu verfolgen.

»Scheiße, so schnell hätte ich dann doch nicht mit euch gerechnet«, sagte Edgar.

»Wir sind zwar kurz vor der Rente, aber immer noch auf Zack«, sagte der Polizist und klapperte mit den Handschellen.

Edgar streckte seine Hände nach vorne. Titus tat es ihm gleich. Noch während den beiden die Handschellen angelegt wurden, kamen die anderen Polizisten zurück – mit Peter und Olaf im Schlepptau.

»Edgar, Edgar«, sagte der Polizist, der ihm die Handschellen angelegt hatte. Sie saßen sich in einem kleinen Zimmer im Revier gegenüber, jeder einen dampfenden Kaffeebecher vor sich. »Damals in der Schule dachte ich, aus dir wird mal was. Und aus dir wurde was. Aber dann ...«

Edgar zuckte mit den Achseln. »Wie sagt man so schön, Rainer, wer hoch steigt, kann tief fallen.«

Der Polizist lehnte sich in seinem Stuhl nach hinten. »Was sollte die Waffe in deiner Jackentasche?«

»Schwerer Raub. Dafür gibt's länger, oder?«

Der Beamte ergriff seine Tasse und trank. Er blickte auf die kahle, weiße Wand und dann wieder zu Edgar, der ungerührt auf seinem Stuhl saß. »Warum, Edgar? Du kamst klar. Du hattest das hier nicht nötig. Und du bist zu schlau für so einen schlechten Plan.«

Eine Weile starrten sie sich an. Die Uhr an der Wand tickte gleichmäßig. Edgar dachte an die Bilder, die ihn in seinen Träumen begleitet hatten. Oll, mit vereisten Wimpern und weißen Wangen. Peter, schneebedeckt in seinem Rollstuhl. Titus, sitzend auf einer Bank, eine Eisschicht über dem Gesicht, der Gehstock vor seinen Füßen. Dann senkte er den Kopf.

»Es wird ein harter Winter. Sie sind meine Familie, weißt du«, flüsterte er kaum hörbar.

Er räusperte sich. »Außerdem hatten wir die Nase voll von Billigbier.«

Bianca Heidelberg

Sprung ins Ungewisse

Geister.

Gibt es.

Oder auch nicht.

Sie kommen meist nachts.

Geisterstunde.

Der Mann auf dem Bildschirm drehte sich ein letztes Mal um. Er schaute in die Kamera und sprang. Die mollige Blondine, die vor dem Computer saß, spulte zurück und sah sich die Sequenz ein weiteres Mal an.

»Genau hier«, murmelte Eva und klickte auf das Pause-Symbol. Der Mann blieb wie angewurzelt stehen und starrte in die Kamera. Eva rückte ihre Brille zurecht und beugte sich nach vorne, um näher am Bildschirm zu sein.

Die Bürotür wurde aufgerissen, ohne dass zuvor geklopft worden war, aber Eva ließ sich davon nicht beirren. Sie speicherte den Screenshot ab. Als sie sich nach wenigen Sekunden vom Bildschirm wegdrehte, sah sie, dass es natürlich Daubner war, der sie vorwurfsvoll ansah. Alle anderen klopften an, bevor sie ihr Büro betraten.

»Arbeiten Sie schon wieder an Ihrer verrückten Theorie«, sagte er und klang dabei zufrieden. »Wir sind bei der Kripo und nicht bei Navy CIS. Konzentrieren Sie sich lieber auf Ihre wirkliche Arbeit.«

»Keine Sorge, das tue ich«, erwiderte Eva und schaute ihn kühl an. Sie holte einen Stapel Papiere aus einem Ablagekorb und reichte ihn ihrem Kollegen. »Bitte schön, das psychologische Gutachten, das Sie bis morgen erwarten. Was ich in meiner Mittagspause mache, ist privat.«

Er riss die Papiere an sich. Mit hochgezogenen Augenbrauen sah sie ihn an. Sie stellte ihn sich gern als einen dieser kleinen, nervigen Hunde vor, die jeden anbellten. In ihrer Vorstellung lag er gerade winselnd am Boden, weil seine Einschüchterungstaktik keinen Erfolg gehabt hatte. Eva konnte sich gerade noch ein Lachen verkneifen.

Daubner presste ein kurzes »Danke« hervor und verließ ihr Büro. Kaum hatte er die Tür hinter sich geschlossen, klopfte jemand an. Arno betrat das Büro und setzte sich auf ihre Schreibtischkante.

»Du solltest mal Pause machen, Eva. Wollte Wolfgang wieder stänkern?«, sagte er in sanftem Ton.

Eva lächelte. Arno war ihr Lieblingskollege und stets um sie besorgt. Er war zwar nur zehn Jahre älter als Eva, aber manchmal wie ein Vater für sie.

»Keine Sorge, Arno«, sagte sie, nahm ihre Brille von der Nase und legte sie neben die Tastatur. »Der liebe Wolfgang kann sich so lange über mich beschweren, wie er will, solange ich meine Arbeit nicht vernachlässige.«

»Schaust du wieder Aufzeichnungen von Leuten an, die sich in den Tod stürzen?« Bekümmert betrachtete er sie.

Eva drehte sich wieder zum Bildschirm um, setzte ihre Brille auf und deutete mit dem Finger auf den Mann, der immer noch auf dem Bildschirm festgefroren war.

»Sieh dir den Gesichtsausdruck an«, sagte sie. »Das ist ein stummer Hilfeschrei. Er will nicht springen. Ich weiß nicht, warum er es tut, aber eigentlich will er es nicht. Und er hat Angst.«

Arno seufzte.

»Glaub mir, Arno, etwas ist komisch an den Selbstmorden. Schau her.« Sie öffnete ein anderes Video, in dem eine junge Frau auf und ab ging und währenddessen in ihr Handy sprach.

»Sie wirkt glücklich, das kannst du nicht leugnen. Sie lacht am Telefon, siehst du? Jetzt legt sie auf. Und jetzt«, sagte sie und stoppte das Video, »verändert sich ihr Gesichtsausdruck schlagartig. Sie sieht aus, als hätte sie gerade einen zweiköpfigen Drachen erblickt.«

Arno blickte auf den Bildschirm, sah aber nur noch, wie die Frau sprang.

»Eva, du musst damit aufhören. Da sind keine übernatürlichen Kräfte am Werk. Wer weiß, mit wem sie telefoniert hat und welche Nachrichten sie am Telefon erhalten hat.«

»Ich habe die Akte studiert. Sie hat mit ihrem Verlobten telefoniert. Sie haben über das Hochzeitsmenü gesprochen«, sagte Eva und starrte auf den Bildschirm.

Arno schwieg kurz, dann legte er Eva eine Hand auf die Schulter.

»Ich habe dich schon einmal darum gebeten, hol dir professionelle Hilfe. Auch ein Psychologe braucht manchmal die Hilfe eines Psychiaters.«

Eva schüttelte den Kopf.

»Arno, meine Schwester hat sich nicht umgebracht. Sie war glücklich und hätte so etwas nie getan. Sie hätte niemals ihre Tochter und ihren Mann zurückgelassen. Irgendetwas stimmt nicht, und ich werde es herausfinden.«

Arno blickte betrübt auf Eva hinunter. Er schätzte ihr Fachwissen, aber seit dem Tod ihrer Zwillingsschwester vor sechs Monaten war sie wie besessen. Er wechselte das Thema.

»Kommst du heute Abend mal wieder mit auf ein Feierabend-Bierchen? Dein Lieblingsfeind ist diesmal nicht dabei.«

»Tut mir leid, aber ich habe zu tun«, sagte Eva und blickte wieder auf den Bildschirm.

Kurz schaute Arno noch auf ihren blonden Scheitel, dann verließ er schweigend das Büro und schloss die Tür leise hinter sich.

Eva klopfte neben sich auf das Sofa.

»Komm, Bella, hinauf mit dir.« Die weiße Perserkatze ließ sich das nicht zweimal sagen und sprang mit einem Satz auf das weinrote Sofa, drehte sich dreimal im Kreis und rollte sich schnurrend zusammen. Eva recherchierte wieder einmal über den Parkplatz, an dem ihre Schwester den Tod gefunden hatte. Dieser lag oberhalb eines Steilhangs, und manche fuhren lediglich wegen der schönen Aussicht dorthin. Eva hatte sich bisher nicht getraut, diesen Ort aufzusuchen. Sie gab neue Suchbegriffe in ihren Laptop ein und startete die Suchmaschine.

»Seltsame Todesfälle Parkplatz Pferdestein«, murmelte sie, dann drückte sie die Eingabetaste. Ihre blaugrünen Augen wanderten über den Bildschirm, auf der Suche nach dem einen Suchergebnis, das ihre Fragen beantworten würde. Dann hatte sie es.

»Todesfall bei Parkplatz Pferdestein«, las sie. »Unbekannter stößt Mann in die Tiefe.« Sie klickte auf den Link, las in Windeseile die

Nachricht. Der Fall war ein Jahr her. Jemand hatte die Tat beobachtet, aber der Täter war entkommen und nie gefunden worden.

»Was macht das für einen Unterschied?«, murmelte Eva. »Tot ist tot.«

Sie dachte an Tina. Beide waren sich so ähnlich gewesen, äußerlich wie innerlich. Eva hatte sich immer wie die zweite Hälfte eines Ganzen gefühlt. Nur dass es das Ganze jetzt nicht mehr gab. Eva erinnerte sich kaum an die Zeit direkt nach Tinas Tod. Sie war in ein tiefes Loch gefallen, aus dem sie bis heute nicht herausgefunden hatte. Nach außen hin funktionierte sie, aber jeden Tag spürte sie diese Leere, diese Sehnsucht nach ihrer Schwester. Die beiden hatten sich einander sehr verbunden gefühlt. Sie hatten sich täglich gesehen oder zumindest miteinander telefoniert.

Eva wusste, dass Tina glücklich gewesen war. Sie hatte einen lieben Mann und eine tolle Tochter gehabt. Sie war immer gut gelaunt gewesen. Eva hätte gespürt, wenn etwas mit ihr nicht gestimmt hätte.

Vor Evas innerem Auge erschienen Bilder ihrer Schwester.

Damals bei ihrer gemeinsamen Examensfeier. Tinas blonde Mähne wirbelte um ihr Gesicht herum, während sie in ihrem knallroten, etwas zu engen Lieblingstop auf der Bühne zu *The Final Countdown* wild tanzte.

Jahre später im Krankenhaus. Tina saß im Bett und hielt ihr Baby im Arm. Sie blickte zu Eva hoch und strahlte dabei vor Glück.

Vor einem Jahr, bei Tina zu Hause. Tina beobachtete, wie ihr Mann mit der Kleinen herumalberte, und lächelte still vor sich hin.

Wie immer, wenn sie an ihre Schwester dachte, füllten sich Evas Augen mit Tränen. Plötzlich sprang sie vom Sofa auf und warf den

Laptop achtlos neben sich, sodass Bella aufschreckte und aus dem Zimmer rannte.

»Heute werde ich es schaffen!«, sagte sie in entschlossenem Ton, lief aus dem Haus und setzte sich ins Auto.

Evas Herz hämmerte wild in ihrer Brust. Ihre Finger umklammerten das Lenkrad.

»Heute schaffe ich es!«, sagte sie laut, um sich Mut zu machen. An dieser Stelle war sie sonst immer umgedreht. Sie schloss die Augen, atmete tief durch, öffnete die Augen wieder und gab Gas. Ihr Auto hoppelte über die Bordsteinkante auf den Parkplatz. Geschafft!

Der Kies knirschte unter ihren Stiefeln. Der Parkplatz lag auf einer Lichtung auf dem Berg. Der Wind fegte über ihn hinweg. Langsam setzte Eva einen Fuß vor den anderen. Nachdem sie den Parkplatz überquert hatte, lehnte sie sich an das Geländer und sah hinunter. Das war also das Letzte, was Tina gesehen hatte. Ein paradiesisch anmutendes Tal, durch das sich ein Bach schlängelte, umgeben von Bergen.

»Ich vermisse dich, Schwesterherz«, flüsterte Eva. Sie verlor sich im Anblick des Tals, fühlte sich davon hypnotisiert. Plötzlich spürte sie, wie ein kaltes Gefühl ihren Nacken hinaufkroch. Es schlich nach oben wie ein Dieb. Sie schaute sich um, doch da war niemand. Als ihr eine Welle der Wut entgegenrollte, lief sie schnell zu ihrem Auto. Sie verriegelte die Türen von innen, startete den Motor und fuhr los.

Aufgeregt lief Eva im Zimmer hin und her. Arno saß auf ihrem Schreibtisch und schaute ihr mit gerunzelter Stirn zu.

»Arno, wenn ich es dir doch sage, es hat sich angefühlt, als stünde jemand direkt hinter mir. Und derjenige war aus irgendeinem Grund sauer.«

»Unsichtbare Menschen gibt es nun mal nicht«, sagte Arno bereits zum dritten Mal.

»Ich weiß, was ich gespürt habe«, entgegnete Eva voller Überzeugung. »Übrigens, ich habe gestern über den Ort recherchiert. Dort wurde vor einem Jahr ein junger Mann hinuntergestoßen. Trotz Zeugen wurde der Fall nie aufgeklärt. Der Mann hinterließ eine Frau und ein kleines Kind. Wenn ich er wäre, wäre ich mörderisch sauer.«

»Er lebt aber nicht mehr, also kann er auch nicht sauer sein«, sagte Arno in seiner unendlichen Logik. Dann stutzte er. »Eva, du willst doch nicht behaupten, dass es auf dem Parkplatz spukt und dass ein Toter, oder besser gesagt ein Geist, andere Menschen von der Aussichtsplattform stößt.«

Eva blieb stehen, schaute kurz zu Boden, dann hob sie ihren Kopf wieder und sah Arno direkt in die Augen.

»Ich weiß, das klingt abstrus, und ich hielt so etwas bisher auch immer für Humbug. Aber das Gefühl war so real und die Videoaufzeichnungen sind es auch. Ich muss dem Ganzen nachgehen. Vielleicht will er uns etwas mitteilen. Sicher ist er wütend, weil die Ermittler etwas Wichtiges übersehen haben.«

Arno stand auf und legte seine Hände auf Evas Schultern, sah ihr ins Gesicht. »Eva, ich kann mich nur wiederholen. Hol dir professionelle Hilfe. Bitte! Ich kann das nicht mit ansehen. Du gehst noch daran kaputt.«

Eva wich einen Schritt zurück, entzog sich so seinen Händen und seinem Blick. Sie setzte sich vor ihren Computer, setzte ihre Brille auf und nahm die Maus in die Hand.

»Mach dir keine Sorgen, mit mir ist alles in Ordnung«, sagte sie in geschäftsmäßigem Ton. »Und jetzt entschuldige mich, ich muss noch etwas erledigen.«

Arno stand mit einem lautlosen Seufzer auf. Er warf noch einen bekümmerten Blick auf Eva, ehe er die Tür hinter sich schloss.

Eva hatte willkürlich eine der Kameraaufzeichnungen von besagtem Parkplatz angeklickt. Plötzlich saß sie wie versteinert auf ihrem Stuhl und starrte auf den Bildschirm. Sie wollte das nicht sehen, aber sie war unfähig, sich zu bewegen. Ihre Schwester lief über den Bildschirm, beschwingt, wie sie sich immer bewegt hatte. Sie schaute in das Tal hinunter. Eva sah nur ihren Rücken und ihre Haare, die im Wind flatterten. Auf einmal veränderte sich ihre Körperhaltung. Sie stand nicht mehr aufrecht und selbstbewusst, sondern zog ihre Schultern hoch. Langsam drehte sie den Kopf und schaute hinter sich. Panik trat in ihre Miene. Ihr Mund öffnete sich. Eva hörte nicht, was sie sagte, doch sie konnte es von ihren Lippen ablesen. »Eva, Hilfe!«

Eva stand am Geländer des Parkplatzes und blickte in die untergehende Sonne. Seit sie das Video gesehen hatte, war ihr Verstand in eine Art Standby-Modus gegangen. Sie konnte nicht mehr denken, nur noch schauen und fühlen. Sie wusste nicht, warum sie hierhergekommen war. Sie hatte einfach gefühlt, dass sie hier sein musste. Der Wind spielte mit ihren Haaren. Sie hatte es immer geliebt, sich von Tina frisieren zu lassen, ihre Hände in den Haaren zu spüren. Wie lange war es her, dass sie das zuletzt gespürt hatte! Ein Windstoß fuhr durch den dünnen Pullover, ließ sie frösteln. Dann spürte sie ihn. Spürte seine Wut.

»Ich kann nicht weitermachen«, flüsterte sie. »Ich halte das einfach nicht mehr aus. Ein Zwilling sollte nicht ohne den anderen Zwilling leben müssen.« Sie lehnte sich gegen das Geländer, breitete ihre Arme aus und ließ sich nach vorne fallen.

»Tina, ich komme!«

»Eva Hauser war ein Mensch, der liebte und geliebt wurde. Von ihrer Familie, ihren Freunden und ihren Kollegen.« Die sanfte Stimme des Pfarrers wurde über den Friedhof getragen.

»Immer die gleichen dummen Reden«, murmelte Arno und wischte eine Träne aus seinem Auge. Seine Wangen wirkten eingefallen, die Augen waren gerötet. Mit gesenktem Kopf wartete er auf das Ende des Monologs. Er presste seine Lippen aufeinander. Er hasste Beerdigungen, die inhaltslosen Reden der Pfarrer, die die verstorbene Person zu Lebzeiten nicht gekannt hatten. Seine Kollegen gingen langsam nach vorne. Schwerfällig hob er den Kopf und sah, dass einer nach dem anderen eine Handvoll Erde in Evas Grab warf. Müde bewegten sich seine Beine auf das Grab zu. Er kam als Letzter dort an und ging in die Knie, um eine Handvoll Erde aus dem Behälter zu nehmen. Dann sah er eine Weile auf den hölzernen Sarg. Tränen liefen über seine Wangen.

»Es tut mir leid, Eva. Ich habe als Freund versagt«, flüsterte er und beugte sich schließlich nach vorne, um die Erde auf den Sarg zu werfen. In diesem Moment spürte er eine sanfte Berührung in seinem Rücken. Er riss die Augen auf.

»Nein, das kann nicht sein«, flüsterte er. Die Berührung wurde deutlicher, er verlor das Gleichgewicht und ruderte mit den Armen. Da packte ihn eine Hand und zog ihn zurück.

»Mensch, Arno, was ist denn los?«, fragte Daubner und schaute ihn seltsam an.

»Da war ...« Arno zögerte. »Nichts. Alles in Ordnung. Wir sehen uns im Revier.« Arno entzog Daubner seinen Arm und wartete darauf, dass alle gehen würden. Er hörte Daubner im Gehen mit den Kollegen reden.

»Nicht, dass der jetzt auch noch durchdreht«, sagte er und warf einen Blick zurück. Arno tat so, als hätte er es nicht bemerkt. Als alle weg waren, stellte er sich wieder vor das Grab und sah lange hinein. Ob er jetzt verrückt wurde? Zumindest nicht verrückter, als Eva es gewesen war.

»Eva, du hattest recht«, sagte er leise. »Es tut mir leid! Ich werde den Fall aufklären, du kannst dich auf mich verlassen.«

Er wartete auf etwas. Worauf, das wusste er selbst nicht. Als er schon gehen wollte, spürte er es plötzlich. Einen Windhauch in seinem Haar. Ein Gefühl von Ruhe durchströmte ihn. Er lächelte und ging an die Arbeit.

Bianca Heidelberg

Ein guter Tag

Kleptomanie.
Eine Krankheit.
Man nimmt einfach.
Obwohl man nicht darf.
Therapierbar.

Janina starrte ihr Telefon an. Die Beleuchtung des Displays betonte
grell das Wort *Mama*. Der Klingelton schrillte unangenehm in ihren Ohren und drohte ihre gute Laune hinwegzupusten wie der
Wind eine Seifenblase. Ihr Körper wandte sich vom Telefon ab,
aber ihre Hand griff nach dem Hörer. Sie biss die Zähne zusammen, drückte auf den grünen Knopf und hielt den Hörer an ihr
Ohr.

»Ja?«
»Janina, endlich. Ich dachte schon, du bist nicht zu Hause.«
»Ich bin gerade auf dem Sprung.«
»Wo willst du hin?«, fragte ihre Mutter.

Janina zögerte. Sie war nicht gut im Lügen. »Einkaufen«, sagte
sie schließlich und versuchte, das so klingen zu lassen, als sei es etwas Alltägliches.

»Einkaufen? Wieso hast du nichts gesagt? Ich begleite dich.« Der
Ton ihrer Mutter duldete keinen Widerspruch. Janina rief sich das
Rollenspiel ins Gedächtnis, das sie am Tag zuvor mit ihrer Thera-

peutin für diese Situation durchgeführt hatte. Sie holte tief Luft und stieß ihren Text in einem Atemzug hervor.

»Danke, Mama, das ist lieb, aber ich kann das ab jetzt allein. Doktor Silva hat mir dazu geraten.«

Am anderen Ende entstand eine Pause.

»Rede keinen Unsinn, Janina. Ich bin in einer halben Stunde bei dir. So weit kommt es noch, dass du wieder klaust und verhaftet wirst.«

Janinas Hände zitterten. Sie fuhr sich mit der Hand durch die kinnlangen, schwarzen Haare und schluckte den Kloß in ihrem Hals hinunter.

»Nein, Mama. Doktor Silva traut mir das zu. Und du solltest das auch tun.« Der letzte Satz kam nur noch als Flüstern aus ihrem Mund. Sie ließ den Hörer sinken und hörte, dass ihre Mutter noch etwas sagte. Dann drückte sie auf den roten Knopf. Mit einer fahrigen Bewegung wischte sie eine Träne aus ihren blauen Augen, bevor sie sich vor einen Spiegel stellte.

»Heute ist ein guter Tag«, sagte sie und lächelte ihrem Ebenbild zu. Das Lächeln sah jämmerlich aus, dennoch fühlte sie sich besser. Dieser Trick war einer von vielen, die sie von ihrer Therapeutin Doktor Silva gelernt hatte.

Auf dem Weg zum Supermarkt dachte Janina dankbar an ihre Therapeutin, die ihr geraten hatte, aus der Wohnung ihrer Mutter auszuziehen und unabhängig zu werden. Ihre Mutter war dagegen gewesen, aber Janina hatte den Plan durchgezogen. Seit sie den klammernden Fängen ihrer Mutter entkommen war, fühlte sie sich freier und stärker. Janina lächelte die Menschen an, denen sie auf dem Weg begegnete. Wie immer hob sich ihre Stimmung mit jedem Lächeln, das sie zurückbekam. Als sie schließlich beim Supermarkt angekommen war, fühlte sie sich bereit. Bereit für ihren ersten eigenständigen Einkauf seit Monaten, die sich für sie wie ein Thera-Band in die Länge gezogen hatten. Summend schob sie den Einkaufswagen vor sich her. Sie holte nur Dinge aus den Regalen, die auf dem Einkaufszettel standen, und legte diese sofort in den Wagen. Als sie an einem Regal mit Nippes vorbeikam, erinnerte sie sich an ihren ersten Diebstahl. Es war Knete gewesen; diese war danach direkt im Mülleimer gelandet. Sie hatte sie nicht gebraucht, aber nachdem sie die Knete, die in ihrer Jackentasche die Dichte von Blei angenommen hatte, unbemerkt durch die Kasse gebracht hatte, hatte sie sich seltsam beschwingt gefühlt. Als sei eine Last von ihr genommen worden.

Sie wusste noch, wie es ging, könnte es jederzeit wieder tun. Aber sie brauchte es nicht mehr. Sie ließ ihre Finger an den Waren auf dem Regal entlang streifen. Sie verspürte keinen Drang zu stehlen. Sie fühlte sich gut.

Sie kam an der Mal-Ecke vorbei, wie sie den Bereich mit Make-up scherzhaft nannte. Wie oft hatte sie Lippenstifte und Wimperntusche mitgehen lassen, obwohl sie sich nie schminkte. Auch diese Dinge waren ungeöffnet im Mülleimer gelandet. Ohne darüber nachzudenken, griff Janina nach einem Lippenstift. Dann zögerte sie. Sollte sie wirklich? Eine alte Dame ging an ihr vorbei. Janina drehte den Lippenstift zwischen ihren Fingern hin und her. Sie wollte nicht beobachtet werden. Als die Frau an ihr vorbei gegangen war, sah Janina den Lippenstift an. »Tester« stand in Großbuchstaben darauf. Sie öffnete ihn, bemalte ihre Lippen und stellte ihn zurück. Sie schaute in den Spiegel. Ihr wurde oft gesagt, sie sei hübsch, aber sie hatte es nie glauben können. Heute konnte sie einen Ansatz von Schönheit in ihrem schmalen Gesicht und der etwas zu breiten Nase entdecken. Sie drehte ihr Gesicht vor dem Spiegel hin und her und überlegte, welche ihre Schokoladenseite sein könnte. Schließlich hauchte sie ihrem Spiegelbild einen Kuss zu. Dann lachte sie und schüttelte über sich selbst den Kopf.

Sie drehte sich um und setzte sich wieder in Bewegung, als plötzlich jemand gegen sie stieß. Janina verlor das Gleichgewicht und wäre gefallen, wenn die andere Person sie nicht an der Taille gepackt und festgehalten hätte.

»Hopsa, Entschuldigung«, sagte eine angenehme Männerstimme. Zwei braune Augen blickten sie an. »Das ist mir aber peinlich, jetzt hätte ich dich fast zu Fall gebracht.« Immer noch sah der Typ sie an und hatte seine Hände an ihrer Taille liegen.

»Äh, kein Problem, ist ja nichts passiert«, sagte Janina. Ihre Wangen überzogen sich mit Farbe. Ihre blauen Augen verfingen sich in seinen braunen. Er lächelte sie an, dann blickte er auf seine Hände, als hätte er erst jetzt bemerkt, dass diese immer noch an Janinas Taille lagen. Er ließ sie los, fuhr sich mit der Hand durch die kurzen, blonden Haare und trat einen Schritt zurück. Er trug Jeans und eine braune Lederjacke, die seine Schultern betonte.

»Ich, äh, das ist mir wirklich noch nie passiert«, sagte der Mann und wirkte verlegen. »Kann ich das wiedergutmachen, indem ich dich zu einem Kaffee einlade? Bei der Bäckerei vor dem Ausgang gibt es sehr guten.« Janina zögerte. Der Mann lächelte sie an.

»Keine Sorge, ich bin kein Serienmörder oder so. Ich möchte nur einen Kaffee mit der bezaubernden Frau trinken, die ich so grob angerempelt habe. Ich heiße Jochen.« Er streckte ihr seine Hand entgegen. Janina schaute sie kurz an, dann griff sie zu. Sein Händedruck war warm und weich.

»Janni.«

»Schöner Name. Eine Abkürzung?«

»Ja. Eigentlich heiße ich Janina, aber den Namen mag ich nicht besonders.« Sie lächelte ihn zaghaft an.

»Janni ist eindeutig besser. Also, in ein paar Minuten hinter der Kasse?«

»Okay.«

»Super. Bis gleich, Janni.« Jochen lächelte sie an und verschwand hinter dem nächsten Regal. Janina schaute ihm hinterher, dann wandte sie sich um und blickte noch einmal ihrem Spiegelbild entgegen.

»Heute ist ein guter Tag«, sagte sie. Dieses Mal mit einem überzeugenden Lächeln.

Ein paar Minuten später legte sie ihre Waren auf das Band vor der Kasse. Der gutaussehende Typ stand bei der Bäckerei und lächelte sie an. Janina grinste gut gelaunt zurück. Sie war nicht einmal in Versuchung gekommen, etwas zu stehlen. Ihre Therapeutin würde platzen vor Stolz, wenn sie ihr das erzählen würde.

Als Janina sah, wer an der Kasse saß, bekam ihre gute Laune einen Dämpfer. Es war die Verkäuferin, die sie damals beim Stehlen erwischt hatte. Das war in einem anderen Supermarkt gewesen und hatte ihr ein einjähriges Hausverbot eingebracht.

Als Janina an der Reihe war, musterte die Verkäuferin sie von oben bis unten.

»Guten Tag, Frau Langer«, sagte die Kassiererin. Ihr Tonfall war feindselig, aber Janina versuchte, sich nichts daraus zu machen. Es würde eine Weile dauern, bis sie in den Augen derer, die von ihrer Kleptomanie wussten, rehabilitiert wäre.

»Hallo, Frau Fischer«, sagte sie und versuchte ein Lächeln. Frau Fischer schaute betont lange in Janinas Einkaufswagen, in dem natürlich nichts lag.

»Könnte ich bitte einen Blick in Ihre Handtasche werfen.« Es war keine Frage. Janina hatte damit gerechnet. Dennoch trieb es ihr die Röte in die Wangen, vor anderen Leuten so behandelt zu werden. Betont gelassen stellte sie ihre Tasche auf die Ablage, öffnete sie und ließ die Kassiererin hineinschauen. Sie nahm sogar ihren Geldbeutel heraus, damit Frau Fischer sah, dass sonst nichts darin war.

»Danke.«

Janina hängte die Tasche wieder über ihre Schulter.

»Und jetzt die Jackentaschen, bitte.«

Vor Überraschung weiteten sich Janinas Augen. Wut stieg in ihr auf. Diese Schnepfe würde ja sehen, dass ihre Taschen leer waren. Mit einem siegessicheren Lächeln steckte Janina die Hände in die Taschen. Das Lächeln erstarb. Ihr Herz klopfte auf einmal im Eiltempo. Sie wusste genau, dass sie mit leeren Jackentaschen aufgebrochen war. Sie schloss ihre Augen.

»Heute ist ein guter Tag«, flüsterte sie flehend. Dann griff sie nach den Gegenständen, die ihre Taschen füllten, und holte sie ans Licht. Die Kassiererin lehnte sich nach vorne. Auch die Kunden hinter ihr reckten die Köpfe. Janina sah auf ihre Hände. Sie zitterten. In ihnen lagen ein Rasierwasser und ein USB-Stick. Frau Fischer bedachte Janina mit einem Hab-ich's-doch-gewusst-Blick.

Janinas Sicht wurde unscharf, der USB-Stick und das Rasierwasser fielen klirrend zu Boden. Aufdringlicher Männerduft stieg in Janinas Nase. Sie blickte zur Bäckerei und sah eine braune Silhouette zum Ausgang eilen.

Björn Sünder

Ein Schatten bleibt

Yoshi Nakamura war ein sehr strenger Mann. Allerdings war er bisher immer strenger gegen sich selbst als gegen andere gewesen. Es war ein sonnig kalter Tag im März. Draußen im Garten hinter seinem Haus grünte und blühte es bereits. Zum Trotz gegen die Kälte. Yoshi sah sich auf seinem neuen LCD-Fernseher die Ansprache zur aktuellen Lage an. Durch den 3-D-Effekt schien es so, als würde der Tenno persönlich in seinem Wohnzimmer stehen und nur für ihn sprechen.

Leise klopfte es – gerade noch an der Schwelle des Hörbaren – an der Tür. Yoshi band seine schwarzen Haare zu einem Zopf zusammen. Als er das getan hatte, schaltete er den Fernseher aus. Der Kaiser wurde zurück in den Bildschirm gezogen. Yoshi ging zur Tür und öffnete sie. Davor stand der ausländische Reporter, der vor einigen Tagen auf seinem Mobiltelefon angerufen hatte, weil er eine Reportage über ihn und sein Vorhaben schreiben wollte. Der Journalist verbeugte sich.

Wie lächerlich sich der Gaijin machte, dachte Yoshi. Anstatt sich seiner eigenen Werte und Traditionen treu zu bleiben, versuchte der Reporter, sich auf diese Art und Weise anzubiedern. Yoshi beschloss, ihm den Spiegel vorzuhalten, und reichte ihm nur die Hand.

»Wir haben miteinander telefoniert«, sagte der Journalist in akzentfreiem Japanisch. »Jonas Rech ist mein Name.«

Yoshi bat den Reporter herein und führte ihn in sein Wohnzimmer. Dort bereitete er die Teezeremonie vor, um den Fremden zu ehren. Bedächtig setzte er den Kessel mit Wasser auf die heiße Flamme.

Am Telefon hatte der Journalist gesagt, er sei ein Deutscher. Yoshi mochte die Deutschen. Seinem Gast gegenüber würde er das niemals zugeben. Sein Vater hatte ihn gelehrt, seine Gefühle niemals offen zu zeigen. Vor Fremden erst recht nicht. Dies war der Weg des Bushido. Als das Wasser langsam zu kochen anfing, ließ er die Teeblätter in die beiden kunstvoll verzierten Teeschalen fallen. Die Deutschen hatten viel mit den Japanern gemeinsam. Auch sie hatten sich aus den Trümmern und der Asche des Zweiten Weltkriegs erhoben und waren heute eine der führenden Industrienationen der Welt. Ihr Fleiß und ihre Fähigkeit, auch in der größten Katastrophe nicht zu verzweifeln, machten sie zu etwas Besonderem und den Japanern so ähnlich.

Umständlich ließ sich der Reporter an dem ebenerdigen Tisch nieder und überkreuzte die Beine. Immer wieder musste er dabei seine Brille auf den Nasenrücken zurück schieben.

Yoshi goss das Wasser in die beiden Tassen und reichte eine dem Journalisten. Dieser Mann hatte nichts mit den Deutschen aus seiner Vorstellung gemein und noch weniger schien er in die Erzählungen seines Vaters zu passen. Jonas nahm die Schale mit beiden Händen und verbeugte sich leicht. Er schien die Prozedur zu kennen.

»Wissen Sie«, sagte Yoshi, »mein Vater hat im Zweiten Weltkrieg gekämpft.«

Nicht ohne Stolz zeigte er auf ein längliches, leicht gebogenes Schwert, das in einem speziellen Ständer auf einem Beistelltisch stand. Es war das Katana seines Vaters. Yoshi verschwieg dem Reporter, dass die berühmten japanischen Langschwerter im Zweiten Weltkrieg maschinell angefertigt worden waren und nichts mehr mit der langwierigen und ehrenhaften Herstellungsweise aus dem Mittelalter zu tun hatten. Der Griff des Katanas war kunstvoll mit einem roten Seidenband umwickelt. Es steckte in einer weißen Scheide, dem Shirasaya, um das Schwert vor Rost zu schützen.

»Er war also Offizier. Hat er Kamikaze-Einsätze geflogen?«, fragte Jonas und nippte an seinem Tee.

Yoshi konnte den Stolz, der in seiner Stimme mitschwang, nicht länger verbergen.

»Kurz vor Kriegsende war er dafür vorgesehen, ein Wind Gottes zu werden, ein Tokko. Das Wort Kamikaze benutzt nur ihr Gaijin. Er sollte eine Kirschblüte MXY-7 fliegen. Viele Amerikaner hätten durch ihn ihr Leben verloren.«

Der Journalist schrieb etwas in sein Notizbuch.

»Warum kam Ihr Vater nicht mehr zum Einsatz?«, fragte er.

»Er wollte sich gegen die Feinde werfen und sie mit in den Tod nehmen. Wie gesagt, es war kurz vor Kriegsende. Es herrschte große Sprit- und Materialknappheit. Deshalb musste auch seine Maschine am Boden bleiben. Um der Schande zu entgehen, wollte er sich selbst entleiben.«

Bedächtig zog Yoshi das Schwert aus der Scheide und zeigte es dem Reporter. Der streckte sofort die Hand danach aus und wollte die Klinge berühren.

»Niemals die Klinge berühren, niemals!«, mahnte Yoshi eindringlich. »Es ist die Seele.«

Jonas zog schnell die Hand zurück, als hätte er sie sich verbrannt.
Danach schrieb er wieder etwas in sein Notizbuch.

»Hat sich Ihr Vater am Ende selbst entleibt?«, fragte Jonas.

»Nein, der Kaiser hat es ihm persönlich verboten und ihn nach
Hause geschickt. Für einen Samurai ist das Wort seines Herrn bin-
dend. Er sollte sich hier um sein Haus und seine Familie kümmern.«

Yoshi wollte die dekorative weiße Scheide nicht beschädigen, sondern im Haus belassen. Er nahm eine einfache Blechscheide zur
Hand und schob das Schwert dort hinein. Dann steckte er es mit
dem Griff nach unten in den Obi, den Gürtel, der zum Kimono getragen wird.

»Mein Vater betrachtete es als große Schande, dass er den ehren-
vollen Einsatz nicht fliegen konnte, doch der Kaiser lobte ihn für
seine Opferbereitschaft und verlieh ihm einen Orden. Der Tenno
sagte, er sei ein strahlendes Leuchtfeuer in finsteren Zeiten.« Yoshi
ging mit dem Reporter in den wunderschön gepflegten Garten. Vögel zwitscherten, und es wehte ein leichter Wind. Yoshi verbrachte
sehr viel Zeit in dem Garten. Es war seine Flucht aus dem von
Technik beherrschten Alltag.

»Wissen Sie«, sagte Yoshi, »mein Vater ist noch immer hier, in
diesem Garten.«

»Sie meinen sein Grab«, erwiderte Jonas.

Yoshi schüttelte den Kopf.

»Nein, ich meine es so, wie ich es gesagt habe. Er ist immer noch
hier.« Jetzt gestattete sich Yoshi ein geheimnisvolles Lächeln. »Er

war hier, als die Amerikaner den Zorn der Götter entfesselten und auf Nagasaki niederwarfen. Von ihm gab es keine Überreste zu beerdigen. Und doch ist er immer noch hier!«

Yoshi ging mit Jonas zu einer Felswand. Daneben führte eine Treppe hinunter zu einem alten Bunkereingang. Auf dem Felsen war der scharf gezeichnete Schatten eines Menschen zu erkennen. Er war so klar und deutlich zu sehen, als würde jemand in der Sonne stehen und diesen Schatten werfen.

»Mein Gott, als hätte ihn etwas dort eingebrannt. Es muss ein Höllenfeuer gewesen sein.« Ungläubig streckte der Journalist die Hand danach aus, doch Yoshi machte eine abwehrende Handbewegung.

»Um meinen Vater nicht zu entehren, würde ich Sie bitten, ihn nicht zu berühren.«

Der Reporter wandte sich zu Yoshi um und blickte dann wieder zum Felsen.

»Sehen Sie«, sagte Yoshi und zeigte auf den Umriss. »Ein Schatten bleibt. Mein Vater stieß mich dort hinunter, als die Bombe fiel. Am Ende war er doch ein Held, der sein Leben für ein anderes geopfert hat.« Er sah den Reporter an. »Verstehen Sie es jetzt? Verstehen Sie jetzt, warum ich in den Norden muss, um mich den Tokkos anzuschließen, um zu retten, was zu retten ist?«

Der Journalist schüttelte den Kopf.

»Ihr Gaijin werdet uns nie verstehen – unseren Weg werdet ihr nie verstehen. Ihr verachtet das Leben. Wir schätzen es so hoch, dass wir uns für andere opfern, und alles, was ich dafür verlange, alles, was ich erwarte, ist nur ein Schatten, der bleibt. So wie der meines Vaters.«

Mit diesen Worten ging Yoshi Nakamura wieder in sein Haus. Er zog das Katana aus der Scheide und hielt es kampfbereit in die Höhe.

»Ich schenke Ihnen mein Haus, Gaijin. Es soll Ihnen gehören, damit der Schatten meines Vaters geehrt bleibt.«

Damit ging er hinaus auf die Straße und machte sich auf in Richtung Norden. Die Abendsonne zeichnete auf den Asphalt scharf seinen Schatten, der immer länger wurde und alles war, was blieb.

Björn Sünder

Wespensommer

Wespensommer. Das hatte Laras Mutter immer gesagt, wenn das Thermometer über 30 Grad im Schatten zeigte und die Wespen besonders aggressiv und stechfreudig waren. Ihre Mutter war Imkerin gewesen, und sie hatte Lara etwas beigebracht. Etwas, was sie niemals vergessen hatte: Bienen und Wespen waren Todfeinde. Immer wenn die Temperaturen über 30 Grad stiegen und es unerträglich heiß wurde, dachte Lara an ihre Mutter und ihren weißen Schutzanzug, in dem sie wie eine Astronautin ausgesehen hatte.

Die Straße wand sich wie eine Schlange in Serpentinen den Berg hinauf. Der Motor des hellgrünen Jeeps *Grasshopper* brummte, und aus der Klimaanlage kam ein eisiger Luftzug. Für Lara war es zu kalt. Auf ihren sonnengebräunten Unterarmen hatte sich eine Gänsehaut gebildet. Sie saß zusammengesunken auf dem Beifahrersitz, während ihr Mann Carl den Jeep lenkte und seine dunkelblauen Augen gegen die Sonne zusammenkniff. Auf seiner Stirn hatte sich eine tiefe Falte eingegraben, die in ein paar Jahren wohl ewig dort bleiben würde. Da konnte er noch so viel Antifaltencreme auftragen. Wie jedes Jahr im Hochsommer musste er zu seiner geliebten Berghütte, und wie jedes Jahr hatte er seine Sonnenbrille vergessen.

Lara hasste diese Wochen auf der Hütte. Und in dieser Zeit gab es kein Internet, keinen Fernseher. Nur Einsamkeit und Dosenfleisch. Sie kam sich dann so vor wie in dem Roman *Shining* von Stephen

King. Ihr Mann sparte sich immer zwei Monate Urlaub auf seinem Überstundenkonto dafür an.

Sie strich sich eine Strähne ihres schwarzen Haares aus der Stirn und wollte nicht daran denken, dass sie dort oben mit Carl wieder festsaß und mit ihm schlafen musste. Lara liebte es, unter Menschen zu sein. Ihr Mann überhaupt nicht. Carl mochte andere Menschen nicht. Manchmal glaubte Lara, dass er nicht einmal sie mochte, sondern nur geheiratet hatte, um den gesellschaftlichen Konventionen zu genügen.

»Wie laufen die Tangostunden?«, fragte Carl und fuhr sich mit der Hand durch sein feuchtes braunes Haar. »Wie heißt dieser südamerikanische Supertänzer noch, den ich für dich besorgt habe? Ah ja, Don Carlos, echt bescheuerter Name, selbst für einen Argentinier.« Die Klimaanlage zischte, spie kalte Luft aus, während der Jeep höher und höher kroch.

Weiß er es?, dachte Lara. Wusste er, dass Carlos und sie miteinander schliefen? Sie klappte die Sonnenblende herunter und überprüfte ihr schmales Gesicht im Spiegel. Zwei hellbraune Augen sahen zu ihr zurück, und sie dachte daran, dass in ihrer Beziehung zu Carl schon lange die Luft raus war. Durch seinen Job als Manager in einer großen Bank hatte er keine Zeit und auch seit Langem keine Leidenschaft mehr für sie übrig. Doch genau das brauchte eine Frau: Leidenschaft und das Gefühl, begehrt zu werden. Carlos war da ganz anders. Nicht so ein Hüne wie Carl, aber es war seine Art, Lara anzusehen, so als ob sie die einzige Frau auf dem Planeten wäre, die ihm etwas bedeutete.

»Es läuft gut«, antwortete sie und strich sich mit ihrem Daumen über die dünnen Lippen. »Don Carlos ist ein prima Lehrer.«

Immer weiter kroch der Jeep hinauf, während die Straße vor Lara flimmerte, als würde gleich eine Fata Morgana erscheinen.

»Das kann ich mir vorstellen«, erwiderte Carl und lachte. Es war sein dreckiges Lachen. Sein James-Bond-Fiesling-Lachen. »Bei dem Hüftschwung.«

Laras Magen zog sich zu einem festen Knoten zusammen. Alles begann, sich um sie zu drehen. Carl wusste es. Er wusste Bescheid, dass Carlos' Hände überall auf ihrem Körper gewesen waren. Laras Herz begann zu hämmern. Sie bemerkte, wie Carl sie aus den Augenwinkeln beobachtete. Die Berghütte kam in Sicht, und Lara nickte nur.

»Lass mich mal ans Handschuhfach«, sagte Carl und griff bereits danach, ohne die Straße aus den Augen zu lassen. »Mein Handy.«

In diesem Moment beschloss Lara, dass sie sich von Carl trennen würde. Nach diesem Sommer. Nach diesem zu langen Urlaub auf der Hütte.

Als Carls Hand wieder zum Vorschein kam, sah sie nicht sein Handy. Es war etwas anderes.

Lara fuhr in den Hartschalensitz zurück. Ihr Mann hatte ein Marmeladenglas in der Hand. Es hatte einen grünen Deckel, und im Inneren krabbelten zwei Wespen umher. In ihrer Angst konnte sie jedes Detail erkennen. Die gelb-schwarz gestreiften Leiber, die Fühler, die Facettenaugen und die Flügel.

»Carl!«, schrie Lara. »Lass den Quatsch. Ich bin allergisch gegen diese Viecher.«

Carl stellte das Glas auf dem Armaturenbrett ab. Bei jeder Bewegung schlingerte das Glas hin und her wie ein betrunkener Matrose auf Landgang. Lara war unfähig, sich zu bewegen.

Sie erinnerte sich wieder daran, als sie ein Kind gewesen war und sich eine Wespe in ihr Coca-Cola-Glas verirrt hatte. Lara hatte es nicht bemerkt und das Insekt mit einem großen Schluck Cola hinuntergespült. Genau im Hals hatte die Wespe dann zugestochen, in der Speiseröhre. Sofort hatte sie laut aufgeschrien, und danach war kein Laut mehr herausgekommen. Alles war zugeschwollen. Doch zu ihrem Glück hatte ein alter Arzt im Café gesessen. Der hatte schnell erkannt, um was für ein Problem es sich handelte. Dann mit seinem Taschenmesser einen Luftröhrenschnitt vorgenommen und anschließend die leere Hülle seines Kugelschreibers in die Wunde gesteckt.

Noch immer war die Narbe deutlich an ihrem Hals zu erkennen. Ein roter langgezogener Strich, der ihr im Spiegel jedes Mal zugrinste und sie beständig daran erinnerte, dass sie nur ein Gast auf dieser Welt war.

Carl wusste genau, dass sie allergisch auf Wespenstiche reagierte. Er wusste nur zu gut, dass sie an einem Stich sterben konnte.

»Ich habe einen Privatdetektiv beauftragt. Der Typ arbeitet ab und zu für unsere Bank. Eine echte Type, mit einer Vorliebe für Zigarren, Trenchcoats und Pornos. Hoppla!« Geschickt fing Carl das Glas mit einer Hand auf. Zum Glück war der Jeep mit einer Automatikschaltung ausgestattet. »Fast schief gegangen, was? Na, auf jeden Fall war der Typ gut, echt gut, verdammt gut. Kein Wunder, dass ihm die Bank ein Vermögen bezahlt. Hat Fotos von dir und Don Carlos gemacht. Auf dem Klavier, auf dem Sessel. Wusste gar nicht, dass man beim Tango nackt sein muss.« Carl lachte und schaltete das Radio ein. Seinen liebsten Sender: *Classic one.* Aus den Lautsprechern ertönte *Yellow submarine* von den Beatles. Das

Marmeladenglas begann, im Takt zu vibrieren. Wieder und wieder flogen die Wespen gegen das Innere des Glases und gegen den Deckel. Sie wurden wütend.

»Ich liebe diesen Song«, sagte Carl, sang laut mit und trommelte mit den Fingern auf das Lenkrad. »Ehrlich, Paul und John hätten für Ringo viel mehr Songs schreiben sollen.«

»Ich lass mich von dir scheiden.« Lara bekam nur ein Flüstern zustande. Carls kastenförmiger Schädel fuhr zu ihr herum.

»Glaubst du wirklich, dass du die Hälfte von meinem Vermögen bekommst?« Spucke flog in Laras Ohr. »Du hast mir Hörner aufgesetzt! Mir! Jetzt bekommst du deine Strafe dafür, du Schlampe!« Mit einer Hand packte er ihr Handgelenk und drückte so fest zu, dass Lara aufschrie.

»Wenn du mich umbringst, kommst du in den Knast«, sagte Lara und wand sich aus dem Griff. »Stehst du so auf Vergewaltigungen?«

Ringo sang: »We all live in a yellow submarine.«

»Wie lautete der Anfang dieses Buches noch?« Das Glas vibrierte. Bewegte sich hin und her. »Ach ja! *Kurz vor Paris hatten wir eine Wespe im Auto.* Tolles Buch, toller Krimi. Glaubst du wirklich, dass die Polizei nicht an einen Unfall glauben wird? Es verirrt sich eine Wespe in den Wagen, du wirst gestochen. Schock. Tot. Ich bin dich los.«

Lara schnallte sich ab. Ihre Hand rutschte zum Türgriff. Carl lachte, lenkte das Auto mit den Knien weiter und schraubte das Glas auf. In ihrer Panik kurbelte sie das Fenster herunter, vielleicht würden die Insekten hinausfliegen. Die Wespen entwichen summend aus dem Glas.

»Hat mich eine Ewigkeit gekostet, die Viecher zu fangen.« Carl lachte wieder. »Viel Süßkram und warten. Endlos warten.« Noch immer sang Ringo Starr. Lara hörte das Summen der Wespen. Sie verhielt sich ganz ruhig.

»Ich bin ein Baum«, flüsterte sie immer und immer wieder.

Plötzlich spürte sie das Krabbeln einer Wespe auf ihrer Haut. Instinktiv wollte sie sich kratzen, unterdrückte es aber. Sie spürte das leichte Kitzeln, das die Beine der Wespe auf ihrer Haut verursachten. Starr blickte Lara nach vorne. Schnell hielt sie den Arm aus dem Fenster. Der Fahrtwind riss die Wespe mit sich. Das war die eine, aber wo war die andere?

Lara hörte es summen. Ganz dicht an ihrem Ohr. Es hörte sich aufgeregt an. Gereizt. Aus den Lautsprechern ertönte: »We all live in a yellow submarine.«

Lara rüttelte am Türgriff. Verschlossen. *Scheiß-Automatikverriegelung,* dachte sie. Aus dem Fenster klettern konnte sie auch nicht. Es war zu klein und das Auto viel zu schnell.

Die Wespe schwirrte vor Laras Augen herum. Anstatt nach ihr zu schlagen, wie es die meisten taten, verhielt sie sich ganz ruhig und still. Wie es ihre Mutter ihr im Umgang mit Wespen beigebracht hatte. Das Insekt flog um Laras Kopf herum und sah aus wie ein kleiner Jagdflieger.

»Bald ist es soweit, Schatz«, schrie Carl und schlug nach der Wespe. »Hättest doch nicht den Tangolehrer gefickt!«

Wieder zog Lara am Türgriff. Erneut mit demselben Ergebnis. Geschickt wich das Insekt Carls Hand aus.

Was soll ich nur tun?, dachte Lara. Aus den Augenwinkeln sah sie die Wespe auf Carls Hals landen. Instinktiv handelte sie. Aus dem

Seitenfach zog Lara ein großes, ordentlich zusammengelegtes Handtuch. Carl benutzte es immer im Sommer, um das Lenkrad damit abzudecken.

Mit einer schnellen Bewegung warf sie es ihrem Mann über den Kopf.

Lara wusste – ebenfalls im Gegensatz zu den meisten –, dass Wespen ihren Stachel wieder aus der Wunde ziehen konnten und sie nicht beim Stechen starben, so wie ihre Feinde, die Bienen. Auch das hatte Laras Mutter ihr wieder und wieder gesagt. Laras Mutter hatte Wespen gehasst.

Sie begann, wie wild auf Carls Kopf einzuschlagen, ohne ein direktes Ziel. Die Wespe würde wütend werden.

»Argh!«, schrie Carl. »Verdammte Schlampe!« Mit der einen Hand versuchte er, sich das Handtuch vom Kopf zu reißen, während er mit der anderen um sich schlug. Endlich schaffte er es, das rot-blaue Handtuch vom Kopf zu ziehen.

Lara konnte erkennen, dass sein Gesicht und Hals von kleinen, roten Punkten übersät waren. Beinahe konnte man meinen, er hätte die Masern. Carls kastenförmiger Schädel begann, bereits anzuschwellen und sich ins Groteske zu verwandeln. Aus seinem Kopf wurde etwas Abnormes, Bizarres. Es war nichts mehr Menschliches daran.

Lara begann zu lachen. Sie lachte und lachte. Carl war auch allergisch, nur hatte er es nicht gewusst. Sie lachte, bis ihr die Tränen über die Wangen rollten.

Wespen und Bienen sind Todfeinde, und in dieser Geschichte bist du die Biene, dachte Lara, während ihr hysterischer Lachanfall langsam abebbte.

Carl röchelte und seine Bewegungen erschlafften. Er musste hochgradig allergisch sein. Sein massiger Körper sackte über dem Lenkrad zusammen. Carls Kopf war auf das doppelte angeschwollen, und er sah aus wie ein Alien. Sein Fuß rutschte vom Gaspedal, und der Jeep wurde langsamer.

Sie griff nach dem Knopf für die Zentralverriegelung, der sich in der Mitte der Konsole befand. Mit einem lauten Klicken entriegelten die Schlösser. Der Jeep wurde langsamer. Trotzdem hatte er noch ein hohes Tempo drauf. Inzwischen war Carl in eine Position gerutscht, in der er das Lenkrad so eingeschlagen hatte, dass der Wagen auf den Abgrund zusteuerte.

Lara riss die Tür auf. Ein Schwall Hitze traf sie wie ein Faustschlag. Unter ihr rasten Kies, Asphalt und Stein vorbei. Sie sah wieder nach vorne. Der Abgrund kam näher. Lara drehte sich wieder zu Carl herum.

»Arschloch!«, sagte sie und sprang aus dem Jeep. Sie schlug der Länge nach hin. Dabei schürfte sie sich die Beine und ihre Unterarme auf. Sie konnte noch den *Grasshopper* langsam, aber sicher auf den Abgrund zufahren sehen, als ob er alle Zeit der Welt hätte. Das Auto glitt über die Kante. Zuerst hörte Lara nichts. Nur einen leichten Wind konnte sie auf ihrer erhitzten Haut spüren. Dann hörte sie ein Krachen und ein Bersten. Metall, das auf Stein aufschlug. Jeder, der solch ein Geräusch schon einmal gehört hatte, fand es ekelhaft. Es ist, als ob ein Lehrer mit seinen Fingernägeln über eine Schiefertafel kratzt.

Lara untersuchte sich. Der Kopf fühlte sich in Ordnung an, als sie ihn vorsichtig in alle Richtungen drehte und mit ihren Händen befühlte. Ihre Arme sahen aus, als ob sie mit Tausenden Katzen gespielt hätte. Und erst ihre langen schönen Beine! Es würde eine Weile dauern, bis alles verheilt war.

Vorsichtig rappelte sie sich auf. Es gab kein Einknicken, keinen Schmerzensstich und keinen Aufschrei. Alles schien so weit in Ordnung zu sein. Langsam ging sie auf die Stelle zu, wo der *Grasshopper* in den Abgrund gerollt war, und sah nach unten. In der Schlucht lag das Auto. Es war zusammengedrückt, verbeult und sah aus wie eine weggeworfene Coca-Cola-Dose. Das Wrack erinnerte Lara an den dritten Indiana-Jones-Film, in dem dieser riesige Panzer über die Klippe gefahren war.

Mit einem Seufzen setzte sie sich. Endlich war es vorbei. Sie sah zur Berghütte. Dort gab es ein Funktelefon. Ihr Handy war unten bei Carl, zusammen mit ihrem Gepäck.

Lara stand wieder auf und begann, zur Berghütte zu humpeln. Sie konnte erkennen, dass sich am Horizont ein riesiges, schwarzes Wolkengebälk auftürmte. Ein leichtes Donnergrollen war zu hören, und ein starker Wind war aufgekommen. Die Härchen auf Laras Unterarmen hatten sich von der Spannung, die in der Luft lag, aufgerichtet. Lara wusste, dass der Wespensommer vorbei war. Aus und vorbei. Und während sie auf die Hütte zuhumpelte, pfiff sie von Europe *The Final Countdown*.

Björn Sünder

Das Attentat

Die kahlen Bäume, die entlang der Flusspromenade standen, streckten ihre Äste wie Krallen nach den Passanten aus. Durch den Nebel war das Laub feucht und rutschig geworden. Die Blätter auf dem Boden leuchteten nicht mehr hell und bunt, sondern waren grau und vermodert.

So wie es die Monarchie bald sein wird, dachte Achille Arturo. Er schlug den Kragen seines grauen Mantels nach oben und ließ ein paar Mal die breiten Schultern kreisen. Der feuchte Nebel kroch unter seine Kleidung wie Ungeziefer, kroch in seine Knochen, kroch bis in sein Innerstes. Er sehnte sich nach seiner kargen Wohnstube zurück. Immer noch meinte Achille, die Wärme des Ofenfeuers auf seiner Haut zu spüren, die wohltuende Wirkung auf seinen ganzen Körper. Er liebte es warm und sonnig. Wie es auch die Flusspromenade im Sommer war.

Dann wimmelte es hier von Touristen. Reichen Touristen, denen man leicht das Geld abknöpfen konnte. Sie kamen vor allem aus dem Großdeutschen Reich, aus dem Britischen Empire und der Republik Frankreich. Alles hier pulsierte dann vor Leben und Leidenschaft. Im nahe gelegenen Kurpark spielten Kapellen, und man konnte mit seiner Liebsten tanzen und die Zeit vergessen. Auf den Terrassen der Cafés gab es keine freien Sitzplätze mehr. Und erst die Damen! Die wunderschönen Damen. Immer auf eine Liebelei aus, auf ein schnelles Abenteuer.

An einem Café, das vor ihm aus dem Nebel auftauchte wie ein Eisberg vor einem Schiff, blieb Achille stehen. Die Läden waren heruntergelassen und die Stühle am Fuß einer Laterne angekettet. Im Stillen fragte sich Achille, wer wohl Stühle stehlen wollte. Auf einem Schild stand: *Der nächste Sommer kommt bestimmt, und dann sind auch wir wieder da!*

Er dachte wieder an den letzten Sommer zurück. An Caroline mit ihren langen dunkelblonden Haaren und grasgrünen Augen. Sie hatte sich sofort in ihn verliebt, wie sie gesagt hatte, in sein volles schwarz gelocktes Haar und seine dunkelbraunen Augen. Er sei Amor persönlich, hatte sie immer zu ihm gesagt und gelacht. Und wenn Caroline lachte, lachte alles an ihr. Ihr ganzer Körper. Sie kam aus dem Großdeutschen Reich und hatte das geschafft, was sonst keiner vor ihr gelungen war: Er hatte sich in sie verliebt. Ernsthaft verliebt. Nach ihrer ersten gemeinsamen Nacht hatte er ihr einen Heiratsantrag gemacht. Doch Caroline hatte gelacht und gemeint, dass Amor keine Frau haben könne. Sie kam aus einer adligen Familie, und er war ein einfacher Straßenkünstler, der im Sommer auf der Flusspromenade Zaubertricks vorführte. Jeden Tag dachte er an Caroline, und jede Nacht träumte er von seiner Liebsten. Aber sie war aus seinem Leben verschwunden, weil sie eine bessere Partie gefunden hatte. Jedoch an Aussehen konnte dieser nicht mit Achille mithalten.

Die Krähen, die auf den Ästen der Bäume saßen, krächzten. Ab und zu hörte Achille, wie etwas auf dem harten Kopfsteinpflaster aufschlug. Es waren Nüsse, die von den Krähen auf diese Art geknackt wurden. Auf allen Wegen lagen die leeren Schalen.

Achille zog sich seine Schiebermütze tiefer ins Gesicht und tastete prüfend nach dem Messer und der Pistole, die er unter seinem Mantel verborgen hatte. Vereinzelt tauchten Passanten aus dem Nebel auf und sahen Achille auf eine merkwürdige Art an, als ahnten sie, was er vorhatte.

Am Ende der Flusspromenade stand sein Bruder Pierre. Lässig lehnte er an einer Laterne, rauchte eine Zigarette und hatte sich die Mütze ebenfalls tief ins Gesicht gezogen. Er bohrte mit zitterndem Finger in der Nase, zog laut hörbar den Rotz nach oben und spuckte ihn in einem dicken, grünen Klumpen auf die Straße.

Als Achille ihn ansah, konnte er nicht glauben, dass sie Brüder waren. Nun ja, Halbbrüder. Ihr Vater, ein erfolgloser Zirkusartist, hatte zuerst ein Dienstmädchen verführt, Achilles Mutter, und dann die Tochter eines Pfarrers dick gemacht. Schon immer war sein Vater ein Taugenichts gewesen, und jedes Mal, wenn Ärger anstand, war der Zirkus aus der Stadt verschwunden. Achille wollte gar nicht wissen, wie viele Halbgeschwister er noch hatte. Die Mütter von Achille und Pierre waren nicht dumm gewesen, hatten gemeinsam die Spur des Zirkus verfolgt, den Vater der beiden Brüder gefunden und waren mit ihm gemeinsam durch die Lande gezogen. Es war eine aufregende Zeit gewesen.

Als Pierre Achille bemerkte, sah er auf.

»Scheiße, bist du das etwa?«, fragte Pierre und warf seine Zigarette in einem hohen Bogen weg. »Deine Visage erkennt man ja fast nicht unter der Mütze.« Aus seiner Umhängetasche zog Pierre etwas heraus. »Diese Maske wird unser Signal sein, unser Zeichen, dass das adlige Pack bald krepieren wird. Alle Völker werden sich erheben und sich uns und der Schwarzen Hand anschließen.«

Die Maske hatte einen langgezogenen Schnabel und dunkle Gläser. Es war eine venezianische Arztmaske, die die Heiler früher getragen hatten, um sich vor der Pest zu schützen. In dem Schnabel hatten sich Heilkräuter befunden.

»Die Schwarze Hand ist nichts als ein Haufen erbärmlicher Nichtsnutze, zu nichts zu gebrauchen und zu allem fähig. Also, jetzt halt dein Maul und gib das Ding schon her.« Achille riss die Maske aus Pierres dicken Fingern. Er nahm die Schiebermütze ab, stopfte sie in seine Manteltasche und zog die Maske über. »Jetzt sag mir, wo ich mich hinstellen soll und wo der Prinzregent vorbeifahren wird. Du hast die Straßenkarten alle im Kopf.«

Darin war sein Halbbruder gut. Im Auswendiglernen von Plänen und im Umgang mit den Messern war er ein wahrer Meister. Pierre deutete nach vorne.

»Gleich da vorne, an der Ecke. Einige Barrikaden, die ich und unsere Leute aufgestellt haben, werden den Konvoi zwingen, diese Route zu nehmen, direkt in unsere Falle. Ach ja, bevor ich es vergesse. Hier, die Handgranate.« Aus seiner Tasche holte Pierre eine graue Stabgranate heraus. »Im Chaos, das nach der Explosion entsteht, kannst du Franz Drako und seine geliebte Gattin erschießen oder erstechen. Mach, was du willst und dir Spaß und Freude macht. Ich an deiner Stelle würde das Messer nehmen, es ist persönlicher und drückt eine spezielle Note aus.« Pierre sah auf seine Armbanduhr mit dem braunen, speckigen Lederarmband. »Gleich kommen sie. Los, an die Ecke!« Pierre steckte die Granate in die Tasche seines Mantels. Achille und Pierre gingen an das Ende der Promenade und mussten drei Schwänen ausweichen, die sich auf dem Weg breit gemacht hatten, die Flügel spreizten und fauchten.

»Entschuldigen Sie bitte, meine Herrschaften«, sagte eine Stimme hinter ihnen. Die beiden fuhren herum und erstarrten.

»Scheiße, ein Gendarm, ein verdammter Flic«, flüsterte Pierre.

Der Gendarm war ein Mann mittleren Alters mit flachsblonden Haaren und einem leichten Doppelkinn. Locker kreiste sein Schlagstock um das Handgelenk. An seinem Hals baumelte eine weiße Trillerpfeife. Gegen die Kälte hatte er sich einen blauen Überwurfmantel angezogen.

»Wo wollen Sie denn hin, in dieser ...« Seine blauen Augen starrten auf den Schnabel. »... Maske. Karneval ist doch schon lange vorbei.«

Pierre hob seine fleischigen Hände. Auf Fremde wirkte er immer unbeholfen, dumm. Keiner sah ihm an, dass er ein fähiger Messerexperte war.

»Ein Scherz«, sagte Pierre und sprang von einem Bein auf das andere. Er sah aus wie ein Frosch. »Wir wollen einem Kumpan einen Streich spielen. Der hat mir die Freundin ausgespannt.«

Während Pierre sprach, schlich Achille hinter den Polizisten.

»Hm, ein Scherz? Also ...« Der Gendarm verstummte, als ihm Achille mit dem Messer die Kehle durchschnitt. Das hatten die Brüder im Zirkus gelernt. Sie hatten stundenlang an einer Stoffpuppe geübt und waren dann zu Schweinen übergegangen. Die örtlichen Metzger hatten die Hilfe dankbar angenommen. Ihre Mütter waren davon nicht begeistert gewesen. Doch der Vater hatte immer applaudiert.

Gurgelnd und Blut spuckend ging der Gendarm in die Knie. Die Krähen flatterten davon und krächzten.

»Achille!«, sagte Pierre und sah sich nach allen Richtungen um. Es war niemand zu sehen, nur der Nebel waberte zwischen den Bäumen hervor. »Jetzt sieh dir diese Sauerei an. Ich hätte das schon gelöst. Vater hat recht, in dir steckt ein brutaler Kern.«

»Halt´s Maul, Pierre«, erwiderte Achille und stieß den toten Polizisten mit dem Fuß an. »Der ist jetzt so tot wie noch was. Los, wirf ihn in den Fluss.«

»Wirf ihn in den Fluss. Wirf ihn in den Fluss«, äffte Pierre Achille nach. »Wirf ihn in den Fluss.« Während er in die Knie ging, die Füße des Gendarmen packte und ihn in Richtung Fluss zog, kam die Wagenkolonne des Prinzregenten in Sicht. Fünf *Mercedes Phantom*. Ihr schwarzes Blech hob sich deutlich in dem weißen Nebel ab.

Pierre war immer noch damit beschäftigt, den Polizisten zum Wasser zu ziehen, so das er den Konvoi nicht bemerkte. Die Autos kamen näher und näher. Prinz Franz Drako. Endlich konnte Achille seine Rache nehmen.

»Pierre! Die Granate!«, schrie Achille, doch der Nebel dämpfte seine Stimme. Ein Platschen ertönte, als der Körper des Polizisten auf dem Wasser aufschlug.

»Pierre!« Die Kolonne fuhr jetzt direkt an Achille vorbei. Hinter der Fensterscheibe des mittleren Fahrzeuges konnte er das Gesicht des Prinzregenten erkennen. Ein breiter, von Pomade triefender Schnurrbart rahmte das dicke Gesicht ein. Die kleinen Schweineaugen sahen vergnügt aus. Die dicken Backen hoben und senkten sich vor Lachen. Neben Prinz Franz Drako saß seine Frau. Es war seine geliebte Caroline. Ihr Haar war noch immer von einem dunkelblonden Ton, und auch sie lachte. Es war das Lachen, das noch den kältesten, tristesten Tag in einen Sommer verwandeln konnte.

Pierre fummelte in der Tasche seines Mantels herum.

»Scheiße, die Granate hat sich verhakt!«, schrie Pierre.

Der Konvoi verschwand über eine Brücke im Nebel.

»Verdammte Scheiße!« Pierre hielt die Granate in die Höhe.

Achille ballte die Faust um das Messer. Seine Caroline war die Frau von Prinz Franz Drako geworden. Die Liebe seines Lebens saß neben diesem fetten Schwein und lachte. Und Achille war vergessen. Einfach vergessen worden. Und auch all die Nächte, als sie sich leidenschaftlich geliebt hatten. In all den teuren Hotels, die sie bezahlt hatte.

Nun war es vorbei mit seiner Rache. Und alles wegen seines ungeschickten Bruders und dessen dicker Finger, die sonst bei den Taschen der Damen und Herren so geschickt waren. Achille riss sich die Maske vom Kopf, spürte sein Herz wie verrückt hämmern und drehte sich zu Pierre herum.

»Achille, wieso bist du so rot? Auf deinem Gesicht würde ja Schnee schmelzen.« Pierre hob die Hände.

Achille riss das Messer hoch. Sein ganzer Körper zitterte.

Pierre wich zurück.

»He, mach keinen Quatsch! Wir bekommen schon noch 'ne Gelegenheit für ein Attentat.«

Langsam ging Achille auf seinen Halbbruder zu. Auch er war ein Meister mit den Messern.

»Du willst es nicht anders!« Pierre sprang nach vorne, hieb mit der Faust auf den Arm seines Bruders. Klirrend fiel das Messer auf den Boden, und die beiden begannen, miteinander zu ringen.

»Ich weiß gar nicht, wieso du dich so aufregst«, sagte Pierre und keuchte.

Achille versetzte ihm einen rechten Haken. Haut platzte auf, und es gab ein krachendes Geräusch. Die Granate fiel zu Boden.

Pierre taumelte zurück und knallte auf das Kopfsteinpflaster. Dort blieb er benommen liegen.

Achille holte das Messer und setzte sich auf seinen Bruder.

»Du hast es wirklich nicht kapiert, oder?« Er versetzte Pierre einen Schlag mit dem Messerknauf. »Du kapierst es wirklich nicht! Es ging mir niemals um diesen dummen Verein, der sich Schwarze Hand schimpft. Sondern nur um meine Rache an Caroline!«

Pierre wehrte sich und schlug seinem Bruder ins Gesicht. Seine andere Hand suchte den Boden nach irgendeiner Waffe ab. Achille setzte das Messer an der Kehle seines Bruders an.

»Du verdammter Schweinehund«, sagte Pierre und keuchte. Endlich hatten seine Finger die Granate ergriffen. Er holte aus und schlug damit auf den Kopf von Achille.

Ein lauter Knall ertönte. Durch die Druckwelle der Explosion wurde für einen kurzen Augenblick der Nebel kreisrund weggedrückt. Die drei Schwäne flatterten davon. Der Nebel kroch langsam wieder zurück, füllte das Loch, das die Granate geschlagen hatte, und ließ von den Attentätern keine Spur mehr übrig.

Björn Sünder

Der Wettlauf

An diesem Morgen regnete es in Strömen. Die erdrückende Hitze des Vortages war verschwunden. Hermes, der Götterbote, saß auf den Stufen eines Tempels. Hermes mochte Regen. Er genoss es, stundenlang herumzusitzen und sein Gesicht vom Wasser benetzen zu lassen. Es waren auch weniger Reisende und Händler bei solch einem Wetter auf den Straßen unterwegs, um die er sich sorgen musste. Denn er war ihr Schutzgott, und in diesen Tagen wimmelte es von Wegelagerern und Räubern.

»Götterbote!«, rief eine Stimme.

Sein Vater Zeus oder einer der anderen Götter konnten es nicht sein, denn ihre Stimmen erklangen direkt in seinem Kopf.

»Götterbote«, rief die Stimme noch einmal. Eindringlicher. Widerwillig öffnete Hermes die Augen. Vor ihm stand ein Mann. Ein zarter Flaum bedeckte seine Wangen und sein Kinn. Hermes konnte das Alter des Jünglings nicht schätzen. Darin waren die Götter schlecht, denn ihnen gehörte die Ewigkeit.

»Was willst du, Sterblicher?«, fragte Hermes mit donnernder Stimme. Der Jüngling zuckte zusammen und wich zurück. Er konnte dem Gott kaum in die Augen sehen.

»Ich möchte dich zu einem Wettlauf herausfordern«, sagte der Jüngling demütig. Hermes sah ihn an und lachte schallend.

»Weißt du nicht, wie schnell ich bin?«, fragte Hermes und richtete sich auf. »Ich bin schneller als das Licht, das von Helios' Streitwagen auf die Erde gesandt wird, ja, ich bin sogar schneller als ein Gedanke. Und da glaubst du, dass du mich herausfordern kannst?«

Hermes begann, wieder zu lachen.

Der Jüngling sah ihm diesmal direkt ins Gesicht.

»Allerdings glaube ich das«, erwiderte er ruhig.

»Wie lautet dein Name, Sterblicher?«, fragte Hermes.

»Ich heiße Akalos«, antwortete er mit Stolz in der Stimme. Hermes sah Akalos genauer an. Sein Körperbau war athletisch und sein Haar voll.

»Nun gut«, sagte Hermes, »wenn es dein Wunsch ist, diesen Wahnsinn zu beginnen. Erkläre mir die Wegstrecke und die Bedingungen, wenn es welche gibt.«

»Hier an deinem Tempel wird der Wettlauf beginnen, über diesen Hügel dort.« Er zeigte in die Ferne auf eine kleine Anhöhe. »Dahinter ist ein kleiner Wald. Dort hindurch und über eine weite Ebene zu meinem Hof. Das ist die Hälfte der Strecke, die der Läufer zurückgelegt hat, um den Sieg bei Marathon zu verkünden. Ich verlange lediglich einen Tag an Vorbereitung und einige deiner Atemzüge als Vorsprung.«

»Und du bist dir ganz sicher, dass du gegen mich antreten willst? Denn obwohl du ganz vernünftig wirkst, zweifele ich an deinem Verstand.«

»Ich bin mir ganz sicher«, sagte Akalos.

»Also gut. Wenn es dein Wunsch ist, sehen wir uns morgen um diese Zeit wieder an meinem Tempel.«

Akalos stand auf und ging. Hermes blickte ihm nach, bis ihn der dichte Regenschleier verschluckte.

Auch am nächsten Tag regnete es noch. Hermes saß auf dem Dach des Tempels und ließ seine Beine baumeln. Er sah auf die Ebene und hielt nach Akalos Ausschau. Er fragte sich, was genau dieser junge Mann beweisen wollte. Bestimmt steckte eine Frau dahinter. Wenn das Blut kochte, konnten sich diese jungen Männer nicht mehr bremsen.

Niemand konnte ihn im Wettrennen schlagen. Niemand! Nicht einmal der schnelle Apollo, der Sonnengott selbst, konnte sich mit ihm messen.

Akalos näherte sich. Er trug ein schlichtes Gewand aus grobem Stoff und dazu Sandalen. Er winkte Hermes zu.

»Ich bin so weit, wenn du es bist«, sagte Akalos.

Hermes schwang sich vom Dach. Die kleinen Flügel an seinen Sandalen begannen zu schlagen, und er schwebte sanft herunter.

»Es war dein Wunsch. So beginnen wir.«

Akalos zog sein Gewand und die Sandalen aus. Danach lief er los. Hermes setzte sich auf die weißen Marmorstufen und wartete. Er hatte keine Eile. Als er dreißig Atemzüge getan hatte, lief er los. Um Hermes herum begann sich alles zu verlangsamen. Die Regentropfen standen plötzlich still. Das sich in einem sachten Wind bewegende Gras und die Umgebung waren eingefroren in der Zeit. Alles wirkte wie ein Gemälde. Ein Stillleben. Hermes schlenderte gemütlich zu dem kleinen Hügel und ließ zwei Regentropfen zerplatzen. Er lief über den See, dessen Oberfläche wie ein Spiegel war. Als Hermes über den Hügel kam, hatte er Akalos eingeholt. Er blieb neben ihm stehen und sah ihn sich an. Hermes betrachtete die Muskeln an Armen und Beinen. So gottähnlich und doch so schwach. Der Mensch.

»Was für ein Wunderwerk der Mensch doch ist«, sagte Hermes, klopfte Akalos auf die Schulter und setzte seinen Weg fort. Durch den Wald, in dem die Tiere ebenfalls stillstanden. Dann ging er über die von Gras bedeckte Ebene.

Schließlich kam er bei der Schäferhütte an. Hermes verlangsamte seinen Lauf. Der Regen begann zu fallen, und alles bewegte sich wieder. Eine Fliege schlug mit ihren Flügeln, erst langsam, dann immer schneller, und flog an Hermes vorbei. Er öffnete die Tür und trat ein. Vielleicht hatte Akalos einen guten Wein.

»Ich warte schon eine Ewigkeit auf dich. Warum hast du so lange gebraucht?« Nahe an einem Herdfeuer saß Akalos auf einem Schemel und wärmte sich die Hände. »Du bist ganz schön langsam.«

Hermes' Mund öffnete sich.

»Wie ist es dir gelungen, mich zu schlagen? Antworte, Sterblicher!« Hermes' Stimme ließ die Hütte erzittern. Akalos blieb gelassen und stand auf. Er stellte einen Krug Wein und zwei Tonbecher auf den Tisch.

»Du wirst es gleich verstehen, Götterbote. Habe noch etwas Geduld.«

Widerwillig setzte sich Hermes und trank den mit Wasser vermischten Wein. Nach einer Weile ging die Tür zur Holzhütte erneut auf. Ein Mann, der genauso aussah wie Akalos, betrat das Innere.

»Was geht hier vor?!« Hermes war aufgesprungen. Erneut ließ seine Stimme die Hütte erbeben.

»Darf ich dir meinen Zwillingsbruder Atros vorstellen?« Akalos deutete auf den Mann, der an der Tür stand.

Jetzt begann Hermes, laut zu lachen. Er war auch der Gott der Täuschung und des Betruges und einem guten Scherz niemals abgeneigt.

»Ein Spaß, der auf meine Kosten geht. Das lobe ich mir!«, sagte Hermes und wischte sich eine Träne aus dem Augenwinkel.

Hedda Fischer

Ein Morgen auf dem Friedhof

Ich schwang mich auf das Fahrrad, befestigte die neue rote Gießkanne mit einem Gummiband auf dem Gepäckträger und machte mich auf den Weg zum Friedhof. Ich fühlte mich zu fett zum Fahrradfahren. Ich hatte wieder zugenommen. Wer hinter mir herfuhr, musste mein Hinterteil rechts und links über den Sattel hinausragen sehen. Jeans waren da nicht angebracht, aber ich besaß gar nichts anderes.

Es war ein heißer Sonntag im Juli. Schon um acht Uhr morgens flimmerte die Luft. Ich hatte mich wegen des Fahrtwinds für das Rad und gegen das Auto entschieden. Auf den Friedhof ging ich so ziemlich jedes Wochenende, um die Gräber von Mutter und Bruder zu pflegen, und in diesen heißen Tagen war Gießen notwendiger denn je.

Ich schloss das Rad am Hintereingang des Friedhofs an, nahm die Gießkanne – der Griff war schon ganz warm –, strich mir über die Haare und wanderte die Allee entlang. Ich atmete auf. Endlich Schatten und Ruhe. An einem Wassertrog spritzte ich mir Wasser ins Gesicht und füllte die Kanne.

Die Arbeitswoche war wieder heftig gewesen. Jeder, für den ich als Sekretärin arbeitete, hatte fast Unmögliches von mir verlangt. Dreiseitige Gutachten in einer halben Stunde, fix und fertig mit Text und Fotos, Korrekturen verschiedener Briefe, neue Listen, Übersichten, Tabellen, Mails. Im Nachhinein war ich mir gar nicht mehr sicher, ob ich tagsüber überhaupt etwas gegessen hatte. Abends dann umso mehr. Noch in Gedanken versunken bog ich zehn Meter nach dem mit Rhododendren bepflanzten Rondell vom Hauptweg aus nach rechts ein, diesmal zuerst zum Grab meines Bruders. Die Kopfenden dieser Gräber waren von mannshohen Wacholderbüschen begrenzt, die im Herbst unheimlich aussehen konnten.

Das kleine Viereck sah aus wie immer, ein wenig langweilig bepflanzt mit Stiefmütterchen in Blau und Weiß. Damals – im Frühjahr – war ich in Eile gewesen, abgesehen davon war mir nichts Besseres eingefallen. Ich bückte mich und zupfte hier und da an einem Pflänzchen, hob ein paar Ahornblätter auf und warf sie auf das daneben liegende Grab.

»Guten Morgen, Margaret«, sagte plötzlich eine Stimme.

Ich fuhr zusammen und blickte hoch. Direkt vor mir schob sich ein Mann aus den Wacholderbüschen. Ich erkannte ihn erst auf den zweiten Blick. Er hatte einen Drei-Tage-Bart, seine Kleidung sah ungepflegt aus, und er schien noch dünner geworden zu sein. Aber es war Sven, mein Mann. Noch immer mein Mann, wie ich leider feststellen musste. Er war vor gut fünf Jahren, kurz vor seinem fünfunddreißigsten Geburtstag, verschwunden, wie bei der berühmten Geschichte, in der einer aus dem Haus geht, um Zigaretten zu kaufen, und dann nicht wieder kommt. Niemals wieder kommt. Ich hatte mir nicht vorstellen können, dass auch mir das passieren könnte. Aber es war passiert.

Ich starrte ihn ungläubig an. Sollte ich überhaupt etwas sagen und, wenn ja, was? Sollte ich ihm an diesem heißen Morgen alle Angst, alle Trauer, allen Ärger an den Kopf werfen? Ich fühlte mich dazu nicht imstande. Dabei hatte ich mir oft in allen Einzelheiten ausgemalt, was ich ihm – natürlich in wohlgesetzten, ätzenden Worten – sagen würde, wenn ich ihm noch einmal begegnen sollte. Jetzt konnte ich diese Worte nicht herausbringen, ich hatte keine Empfindungen, nur Hitze und Leere.

Er stand mit dem Rücken zur Sonne im Halbschatten und beobachtete mich. Ich wünschte mich in meine kühle Wohnung zurück. Um überhaupt etwas zu tun, nahm ich die volle Gießkanne und begann, die Blumen auf dem Grab mit Wasser zu erfreuen.

»Wie hast du mich gefunden?«, fragte ich. Eine dämliche Frage. Er wusste, wo die Gräber lagen, und meine Adresse stand im Telefonbuch.

»Ich habe dich mehrere Wochenenden beobachtet«, sagte er. Es klang triumphierend, fast ein wenig drohend. Er hatte mich gesehen, aber ich hatte ihn überhaupt nicht bemerkt. Das gab ihm Überlegenheit. Überlegenheit wie immer.

»Na, und nun?«, sagte ich gereizt. »Was willst du?«

Er drehte sich ganz ruhig eine Zigarette. Das tat er also auch immer noch. Zündete sie an. Grinste leicht.

»Wir müssen einiges klären«, sagte er und stieß den Rauch aus.

»Es gibt nur eine Sache zu klären – die Scheidung.«

Dabei fiel mir ein, dass er Schulden haben könnte, für die ich als Noch-Ehefrau vielleicht einstehen müsste.

»Richtig«, stimmte er zu.

Ich atmete auf und hoffte, er würde es nicht bemerken.

»Tja, da wäre aber noch die Sache mit meinen Möbeln ...«, fuhr er fort. »Du hast sie wahrscheinlich verkauft, da stünde mir Geld zu. Immerhin waren es gute Sachen.«

Das war es also. Er wollte Geld.

»Gute Sachen? Das war alter Kram«, antwortete ich empört. »Hat kaum etwas gebracht, und einen Teil habe ich sogar entsorgen müssen. Das hat gekostet. Wir sind quitt.«

»Na, na«, sagte er. »Ganz so, wie du dir das vorstellst, geht es aber nicht. Ich denke da an fünfhundert bis sechshundert Euro ... Ist ja wohl nicht zu viel verlangt!«

Er grinste wieder, zog an seiner Zigarette. Dieses Grinsen hatte ich am Anfang unserer Bekanntschaft als freundlich empfunden, im Laufe der Jahre aber immer weniger ausstehen können. Er benutzte es, um seine geistige Überlegenheit als Informatiker zu demonstrieren.

Ich trat einen Schritt auf ihn zu und schwang wütend die halbleere Kanne.

Er hob abwehrend die Hände, trat zurück, stolperte, versuchte, Halt zu finden und fiel doch hintenüber. Sein Kopf stieß an den übernächsten Grabstein, einen pompösen aus schwarzem polierten Marmor, blieb inmitten der Fleißigen Lieschen liegen und sagte nichts mehr. Grinste auch nicht. Ich ging näher heran. Aus einer Wunde am Kopf sickerte Blut. Er atmete noch, hatte aber die Augen geschlossen und schien bewusstlos zu sein.

Ich blickte mich um, kein Mensch war zu sehen. Die Bäume ließen müde die Blätter hängen.

Am Rondell hatte ich im Vorbeigehen ein frisch ausgehobenes Grab gesehen und innerlich die Leute bedauert, die morgen bei der Hitze eine Stunde stehen und zuhören mussten, während ihnen der Schweiß unter den schwarzen Kleidern den Rücken hinunter tropfte.

Ich trat hinter seinen Kopf, packte ihn unter den Armen und zerrte ihn in Richtung Hauptweg. Ein paar Fleißige Lieschen blieben dabei auf der Strecke.

Mein früheres Leben stand mir vor Augen, vor allen Dingen die letzten fünf Jahre nach seinem Verschwinden und meine Probleme, für die ich ihn verantwortlich machte. Meine Wut gab mir unendliche Kraft. Denn trotz seiner Magerkeit war sein bewusstloser Körper schwer.

Inzwischen hatte ich ihn fast bis zum Hauptweg gezerrt. Er war immer noch bewusstlos, und sein Kopf hing mit offenem Mund schlaff nach hinten. Ich ließ ihn auf den Rasen fallen – sein Nacken knackte leise –, ging zwei Schritte vor und sah mich nach beiden Seiten um. Es war niemand zu sehen. Da hatte sich das frühe Aufstehen doch gelohnt. Ich zerrte ihn auf dem Asphaltweg weiter. Das ging sogar leichter als auf dem Rasen. Der bremste offensichtlich. Eine neue Erfahrung.

Allerdings verlor er den rechten Schuh. Aber den musste ich erst einmal liegen lassen. Es galt, keine Zeit zu verlieren.

Endlich kam ich dem ausgehobenen Grab näher. Der Schweiß lief mir über den Rücken, auch wenn ich nicht zu einer Trauergesellschaft gehörte. Die Haare klebten mir am Nacken. Nur noch ein Meter, dann hatte ich es geschafft!

Gott sei Dank lag der Aushub ein Stück weg, sodass ich keine Mühe hatte, seinen Körper in das leere Grab zu stoßen. Es gab einen dumpfen Plumps, gar nicht laut, eher wie ein Sack Kartoffeln, den man von einem niedrigen Laster auf den Boden wirft.

Etwas Erde sollte ich doch über ihn werfen, dachte ich, damit er nicht gleich entdeckt würde. *Nur womit?*

Eine Schaufel hatte ich dieses Mal nicht mitgenommen. Ich ging an den nächsten Gräbern entlang und blickte hinter die Grabsteine. Dort versteckten die Leute für gewöhnlich ihre Schaufeln und Gießkannen. Ich hatte Glück und fand wenigstens eine kleine Handschaufel.

Zwischen Erdhaufen und Grab waren etwa zwei Meter Platz, sodass sich die lieben Angehörigen um das Grab gruppieren konnten. Ich begann mit der Arbeit. Sie war sehr mühsam. Mit der kleinen Schaufel wäre ich wahrscheinlich noch Stunden beschäftigt. So ging das also nicht.

Ich könnte die Erde in die Gießkanne füllen und diese dann ausschütten. Nein, auch zu mühsam.

Da fiel mein Blick auf den Wasserhahn, unter dem ein alter blauer Plastikeimer stand. Er hatte zwar ein kleines Loch im Boden, war aber immerhin ein Behälter, in dem ich etwas mehr Erde hin und her transportieren konnte als auf der Schaufel.

Dann machte es geradezu Spaß. Ich fing an seinem Kopf an und warf dann die Erde gleichmäßig den ganzen Körper entlang. Bald lag eine dünne Schicht auf ihm. Das war gut, falls doch Besucher auftauchen und einen Blick riskieren sollten.

Einmal hatte ich den Eindruck, dass er sich bewegte, aber ich sah schnell wieder weg und schaffte noch mehr Erde heran. Es blieb ruhig in dem Grab, so ruhig, wie man sich ein Grab eben vorstellt.

Als ich auf die Uhr sah, waren gut zwei Stunden vergangen. Mir war unendlich heiß, ich hatte Erde an Hosen und Händen, vermutlich auch im Gesicht und in den Haaren.

Bei der Hitze waren nur wenige Friedhofsbesucher unterwegs. Ich hörte sie über den Schuh murmelnd Meinungen austauschen, wie man ein so gutes Stück wegwerfen konnte und so.

Ich hielt die Luft an. Aber sie achteten gar nicht auf mich, wie ich da – scheinbar nachdenklich – mit in die Hände gestütztem Kopf auf dem Erdhaufen saß.

Als ich mit meinem Vorhaben fertig war, erfasste mich eine zufriedene Müdigkeit. Ich nahm meine Gießkanne, hob den Schuh auf und ließ ihn in die nächste Mülltonne fallen.

Auf das Grab meiner Mutter warf ich keinen Blick mehr. Langsam ging ich die Allee hinunter, schob mich durch das kleine Tor, öffnete vor mich hin summend das Fahrradschloss, schwang mich auf den Sattel und radelte vergnügt nach Hause.

Das wahre Leben konnte beginnen.

Hedda Fischer

Wiedersehen

Rolf saß auf dem obersten Holm eines Geländers im Schwimmbad und sah den Menschen zu. Eigentlich hätte er den verdächtigen Mann genauer im Auge behalten sollen, doch das Wetter war viel zu schön. Er fühlte sich angenehm locker – heute allerdings auch ein wenig müde – und ließ seine Blicke lieber umherschweifen. Von seiner eigentlichen Aufgabe als Bademeister wurde er durch die schlanken, jungen Frauen abgelenkt, die sonnengebräunt in Bikinis oder oben ohne auf dem Rasen lagen.

Da fiel sein Blick auf eine alte Frau, die auf einem Stuhl direkt neben den Umkleidekabinen saß. Sie trug einen ausgeleierten schwarzen Badeanzug, sodass die Ansätze ihrer hängenden Brüste hervorsahen. Ihm wurde fast schlecht.

So hatte seine Großmutter ausgesehen. Immer wenn er mit einem Eimer Kohlen aus dem Keller gekommen war, damit der Badeofen weiter angeheizt werden konnte, hatte sie sich schon ausgezogen, und er hatte ihren Rücken und Po vor Augen gehabt. Die Vorderseite von ihr mochte er gar nicht ansehen. Sie hatte sich nichts daraus gemacht, so vor ihm herumzulaufen, doch er hatte sich geekelt. Er mochte nur die angezogene Oma, nicht die nackte. Das war noch in dem alten Haus gewesen, in dem sie damals alle zusammen gewohnt hatten.

Wenn die Alte dort seine Oma war, dann erkannte er sie zumindest nicht wieder. Und auch sie hatte kein Erkennen gezeigt. Es musste mehr als dreißig Jahre her sein, dass sie sich das letzte Mal gesehen hatten.

War sie es vielleicht doch? Hatte sie schon immer diese kantige Nase gehabt? Diese extrem kleinen Ohren?

Mühsam wandte er den Blick von der alten Frau ab, sah die jungen Frauen vorbeigehen und sah sie doch nicht.

Und der Verdächtige war auch weg. Der war herumgeschlichen und hatte diese und jene junge Frau angesprochen. Offenbar ohne Erfolg. Denn keine hatte ihn eingeladen, sich neben sie auf das Badetuch zu legen. Keine hatte ihm Feuer für die Zigarette gegeben. Bloß, wo war er jetzt? Hatte er das Freibad verlassen? Rolf glaubte das nicht so recht. Der Mann hätte direkt an ihm vorbei zu der Drehtür am Ausgang gehen müssen. Da hätte er ihn doch nicht übersehen können, oder?

Schließlich rutschte er von dem Holzbalken herunter und schlenderte den Hauptweg zwischen den Liegenden entlang. Auf der rechten Seite lagen heute fast ausschließlich einzelne Frauen – sowohl blonde als auch dunkelhaarige – und auf der linken die Familien. Die Kinder und Halbwüchsigen tobten im Wasser und verursachten dabei den üblichen Lärm. Er setzte sich auf den Boden unter einen Baum in den Halbschatten und beobachtete.

Da sah er die alte Frau aufstehen. Sie sah sich prüfend um und ging langsam den Weg entlang. Der Badeanzug schlabberte um ihren Körper, und er sah, dass ihr verschiedene Leute hinterherblickten. Fragend. Neugierig. Abschätzend.

Dann stieg sie vorsichtig auf der flachen Seite des Beckens ins Wasser, dort, wo die breiten Stufen hinunterführten, eigentlich die Seite der kleinen Kinder. Die Jugendlichen im Becken kümmerten sich nicht um sie, schlugen weiterhin mit flachen Händen auf die Wasseroberfläche, sodass das Wasser hoch aufspritzte. Sie johlten vor Vergnügen. Da keine wirklich kleinen Kinder dabei waren, sondern nur zehn- bis zwölfjährige, wandte er den Blick ab und konzentrierte sich auf eine der Blondinen, die sich gerade aufgerichtet hatte, um sich Arme und Schultern einzucremen. Da sie oben ohne war, betrachtete er ausgiebig ihre Brüste mit den hellen Brustwarzen und stellte sich vor, wie es wäre, sie zu berühren. Seine Hose fühlte sich enger an.

Ein Blick zu den Familien auf der anderen Seite. Alles in Ordnung. Jetzt begannen die Jungs, von der Seite her ins Becken zu springen. Die Bombe. Da musste er einschreiten, so schwer es ihm auch fiel, sich zu erheben – der Abend gestern war lang gewesen, und genug Alkohol war auch geflossen. Außerdem cremte sich die Blonde noch immer ein. Sie schien ihm ab und zu einen kurzen Blick zuzuwerfen.

Nicht schlecht, dachte er, *aber ich habe erst in gut einer Stunde Schluss.*

Er erhob sich, ging zu den Jungen hinüber und rief sie zur Ordnung. Sie versprachen, nicht mehr zu springen. Stattdessen begannen sie, sich Bälle zuzuwerfen. Auch das war nicht gern gesehen, aber Rolf beschloss, heute nichts zu sagen.

Wo war die Alte?

Sie schwamm langsam am Beckenrand entlang, hangelte sich mitunter mit den Händen weiter. Sie warf ihm einen Blick zu. Er blickte schnell weg. War es doch die Großmutter? Egal, er wollte seit dem damaligen Familienkrach nichts mehr mit ihr zu tun haben – wenn sie es denn sein sollte. Am Gesicht erkannte er sie zumindest nicht wieder. Und woher hätte sie wissen sollen, dass er hier als Bademeister arbeitete?

Damals – vor Jahren – war sich die gesamte Familie in die Haare geraten. Denn nachdem der Großvater gestorben war, hatte die Großmutter das Haus, das Geld, die Firma geerbt und keinen Cent herausgerückt. An niemanden. Auch nicht an seinen Vater, der ja der Sohn war und in der Firma mitarbeitete. Alle hatten sich aufgeregt, aber es war nichts zu machen gewesen. Die Firma wurde verkauft, sein Vater verlor seinen Job. Nur die Großmutter blieb in dem Haus wohnen und vermietete ein paar Zimmer. Es wurde erzählt, dass die Untermieter kein leichtes Leben bei ihr hatten und keiner lange wohnen blieb. Schließlich blieben nur die Monteure, die ohnehin nur für einen gewissen Zeitraum in der Stadt arbeiteten und denen es egal war. Es hieß auch, dass die Großmutter mit diesem oder jenem ein Verhältnis gehabt hatte.

Was für ein Gedanke! Diese hässliche alte Frau und die jungen Männer! Er stellte sie sich zusammen im Bett vor und schüttelte sich.

Langsam schlenderte er zum Eingang zurück. Warf einen Blick in die Umkleidekabinen, alles in Ordnung, auf die Duschen, auch dort alles in Ordnung. Nichts lag herum, keiner hatte etwas vergessen. Erstaunlich. Ein ruhiger Tag. Ganz so, wie er ihn sich wünschte, nachdem er die halbe Nacht durchgemacht hatte.

Rolf wechselte ein paar Worte mit Flora, der Frau, die an der Kasse saß.

»Ruhiger Tage heute«, sagte er.

»Na ja, montags«, sagte sie und zuckte mit den Schultern.

Sie kannten sich schon lange, hatten so manchen Sommer hier zusammen gearbeitet. Sie waren sich sympathisch, ohne dass mehr daraus geworden wäre. Sie war glücklich verheiratet, hatte ein Kind und war für einen Seitensprung nicht zu haben.

Nachdem er das festgestellt und keinen Versuch mehr unternommen hatte, blieben sie gute Arbeitskollegen, die ab und zu auch Privates austauschten. Eine Frau, mit der man herumblödeln konnte und die einem auch mal mit zwanzig Euro aushalf, wenn man sein Geld vergessen hatte oder am Monatsende knapp dran war. Dafür hielt er die Stellung, wenn sie früher wegmusste, ihre kleine Tochter abholen oder etwas erledigen. Eine erfreulich freundliche Atmosphäre!

Heute, an diesem ruhigen Tag, hatte sie schon die Tageseinnahmen gezählt und die Kasse abgeschlossen, weil nicht zu erwarten war, dass noch Leute auftauchen würden. Sie kannte ihre Kunden.

Er blieb am Kassenhäuschen stehen, während sie ins Haus ging, um das Geld im Safe einzuschließen. Er sagte per Lautsprecher das Ende der Badezeit an.

Die Besucher sahen auf ihre Uhren (*Was? Schon so spät!*) und suchten nach und nach ihre Habe zusammen. Mütter riefen ihre Kinder. Die Jungs warfen ihm einen Blick zu und sprangen eben doch noch einmal vom Rand ins Becken. Rolf grinste. Es war wie immer.

Die Blondine zog sich ein T-Shirt über und stieg in ihre Bermudas. Schöne Beine hatte sie auch.

Schluss! Die letzten Besucher kamen zum Ausgang getrottet, rot von der Sonne, mit nassen Haaren, die Kinder aufgeregt und schnatternd.

Nachdem er hinter der Kollegin abgeschlossen hatte, machte er seinen üblichen letzten Rundgang. Das große Becken war leer, das Wasser ruhig und durchsichtig bis zum Grund. In einer Ecke lag allerdings etwas Schwarzes. Er stutzte.

Die Alte! Auf dem Boden des Beckens!

Ein, zwei Sekunden war er wie gelähmt, sah sich um, aber außer ihm war niemand da. Er sprang ins Wasser. Wieso war das nach dem warmen Tag auf einmal so kalt? Tauchte und holte den Körper nach oben. Hievte ihn auf den Rand. Hob ihn am Bauch an, sodass der Kopf nach unten hing. Wasser schoss aus dem Mund. Die Frau atmete noch. Wiederbelebungsversuche. Sie röchelte. Er atmete erleichtert auf. Das hätte ihm gerade noch gefehlt. Eine ertrunkene Frau. Es wäre die erste in seiner Laufbahn als Bademeister gewesen. Und er hatte auch noch keinen Kollegen getroffen, der diese Erfahrung gemacht hatte.

Ihr nasser Badeanzug fühlte sich eiskalt an, eine ihrer Brüste lag fast frei, und ihm war klar, dass er eine Decke holen musste, aber er konnte sich nicht dazu aufraffen. Allein lassen wollte er sie nicht. Er fühlte sich bleischwer.

Sie schlug die Augen auf, sah ihn an und schien zu grinsen.

»Na, so sieht man sich wieder.«

Dann schloss sie die Augen, und ihr Kopf kippte zur Seite.

Er blieb allein zurück.

Hedda Fischer

Die alte Schreibmaschine

»Nein!«, rief ich, »kommt gar nicht infrage, ich lehne das Erbe ab!«
Ich sah die anderen dabei nicht an und verschränkte die Arme vor
dem Brustkorb. Blickte wütend nach unten auf meine fleckigen
Jeans.

Die übrige Familie stöhnte auf und musterte mich entsetzt. Wie
konnte ich, die Nichte, dieses Erbe ablehnen? Jeder aus der Familie
hätte sich die Finger danach geleckt, na ja, geleckt nicht unbedingt,
aber immerhin hätte jeder das Erbe in Betracht gezogen.

Das alte Haus war in einigermaßen gutem Zustand, allerdings
vollgestopft mit unzähligen Dingen, die kein normaler Mensch je
würde gebrauchen können. Wenn schon fast alle Räume inklusive
der Küche mit alten Möbeln vollgestellt waren, mochte man sich
gar nicht erst Keller und Dachboden vorstellen.

Nachdem das Testament verlesen worden war, hatten wir uns um
den Esstisch versammelt. Der Rechtsanwalt hatte das Haus verlassen, nur wir blieben zurück.

Wir, das waren meine Mutter, mein Vater, meine zwei Geschwister, ein Bruder meines Vaters – den ich übrigens noch nie gesehen
hatte – und die Haushälterin des verstorbenen Onkels. Er war der
Bruder meiner Mutter gewesen, überhaupt der einzige noch übrig
gebliebene Verwandte meiner Mutter.

Mir, seiner 25-jährigen Nichte, hatte er alles vermacht, vermutlich, weil ich ihm Widerworte gegeben und seine autoritäre Art

nicht hingenommen hatte. Im Nachhinein vermutete ich, dass er nach meinen Besuchen und unseren Diskussionen in sich hineingegrinst hatte. Ich war die mittlere der drei Geschwister, es gab eine zwei Jahre ältere Schwester und einen drei Jahre jüngeren Bruder. Alle sahen mich missbilligend an. Ich sah schließlich doch auf. Nahm einen Schluck Kaffee, der zwar heiß war, aber bitter schmeckte. Das lag an der Sorte, denn der liebe Onkel war nicht nur einsiedlerisch, sondern auch geizig gewesen. Dass er seiner Haushälterin ein wenig Geld hinterlassen und außerdem ein lebenslanges Wohnrecht in seinem Hause eingeräumt hatte, machte seinen Geiz in den letzten Jahren auch nicht wett.

»Du kannst es dir noch überlegen«, sagte mein Vater. »Du hast vier Wochen Zeit.«

Mutter nickte.

Meinen Geschwistern schien es letztendlich egal zu sein. Sie äußerten sich nicht. Warfen sich nur Blicke zu.

Ich sah die Haushälterin an. Sie nahm einen Schluck Kaffee, lehnte sich leise aufseufzend zurück und verschränkte die Arme.

Da hat es sich für dich doch gelohnt, sechs Jahre bei dem Alten auszuharren, ihn zu bedienen, seine Launen und als Zugabe die missbilligenden Blicke meiner Familie zu ertragen.

Ich erhob mich – doch ein wenig nachdenklich – und sagte, ich würde mal eben durch die Zimmer gehen. Mein Vater schloss sich mir an, der Onkel erhob sich halb, ließ sich dann aber wieder zurücksinken. Die anderen blieben schweigend sitzen. Nur die Haushälterin erhob sich ebenfalls und folgte uns. Das passte mir gar nicht. Ich hatte mit meinem Vater unter vier Augen ganz offen über das Erbe sprechen wollen.

Wir warfen kurze Blicke in die Küche (ordentlich aufgeräumt), in sein Schlafzimmer (es roch etwas muffig), in das Badezimmer (seine Utensilien gab es nicht mehr) und in eine Abstellkammer auf dem Flur (einige halbleere Regale, ansonsten Reserven von Toilettenpapier und Ähnlichem). Dann betraten wir vom Flur aus das Arbeitszimmer.

Die Haushälterin wollte uns auch dorthin folgen, doch ich sagte: »Entschuldigung«, und schloss die Tür vor ihrer Nase. Nachdrücklich. Wohnrecht? Alles schön und gut, aber das hieß doch nicht, dass sie überall dabei sein musste. Ihre Schritte entfernten sich.

Das Arbeitszimmer lag direkt neben dem Wohnzimmer. Eine Schiebetür trennte die beiden Räume voneinander. Von drüben hörten wir das leise Klirren des Porzellans – echtes Rosenthal –, wenn jemand die Tasse auf der Untertasse absetzte. Gemurmel.

Hier stand sein Schreibtisch. Es gab Regale voller Bücher und Aktenordner und einen zerschlissenen Ohrensessel, dessen Bezug früher bunte Blumen und Vögel gezeigt hatte. Auf einem kleinen Tisch daneben stand eine alte Schreibmaschine mit einem eingespannten Blatt Papier, leer. Schon vom bloßen Ansehen her hatte man das Gefühl, sie nicht anheben zu können. Ich setzte mich hinter den Schreibtisch und zog die mittlere Schublade auf, einfach so. Allerlei Kleinkram lag dort durcheinander, angefangene Schreibblöcke, Stifte, Locher, Metermaße, Scheren. Ich wühlte darin herum. Mein Vater sah mir über die Schulter.

»Wir sollten das Ganze hier durchsehen, zusammen, und zwar sobald wie möglich.«

Wir sahen uns an und verstanden einander – wie immer.

Wenn die Haushälterin allein hierblieb, konnte sie in Ruhe alles durchwühlen und vielleicht dies und das verschwinden lassen. Was ich mir dabei vorstellte, war mir selbst nicht klar. Es war ein gewisses Misstrauen gegen diese Frau, von deren Herkunft man nicht viel wusste, irgendwie aus einer ländlichen Gegend Bayerns. Völlig irrationales Misstrauen meinerseits. Denn sie hätte genügend Gelegenheiten gehabt, etwas auszusortieren oder zur Seite zu schaffen, weil der Onkel eine Zeit lang bettlägerig gewesen war und sein Arbeitszimmer ohnehin nicht betreten hatte.

»Ich kann eine Woche Urlaub nehmen«, sagte ich, »dann sehen wir alles durch und bekommen einen Überblick.«

»Ja, gut«, erwiderte mein Vater, zog weitere Schubladen auf und öffnete die Türen auf der anderen Seite des Schreibtischs.

»Wo ist denn seine Münz-Sammlung geblieben?«

»Ach, hatte er eine?«

»Ja, hatte er«, sagte mein Vater, »aber ich weiß nicht, ob sie überhaupt einen Wert hatte.«

»Wir könnten zumindest diesen Raum abschließen«, sagte ich. »Bis wir wiederkommen.«

»Gut«, sagte mein Vater, »obwohl es unsinnig ist, weil sie mit Sicherheit einen zweiten Schlüssel hat.«

Mit »sie« war natürlich die Haushälterin gemeint.

Anderntags fuhren mein Vater, mein Bruder und ich erneut zu dem Haus des verstorbenen Onkels. Im Küchenfenster sah ich kurz das Gesicht der Haushälterin. Sie hatte uns sicher gesehen, öffnete aber nicht. Wir hatten einen eigenen Schlüssel. Sie erschien im Flur, begrüßte uns etwas herablassend, wie es mir schien, und sagte, sie hätte Kaffee vorbereitet und belegte Brötchen besorgt. Und alles ins Wohnzimmer gestellt.

Wir schlossen die Tür zum Arbeitszimmer auf und wandten uns dem Schreibtisch zu. Mein Vater setzte sich auf den ledernen Schreibtischstuhl, über dessen Rückenlehne eine alte, braun gemusterte Wolldecke hing. Ich zog mir einen Stuhl heran. Wir stellten einen leeren Karton zwischen uns und fingen an, die einzelnen Schubladen durchzusehen. Mein Bruder begutachtete derweil die Bücher.

Das meiste war unbrauchbarer Kleinkram, und fast alles wanderte in den Karton. Ich kniete mich hin, zog die untersten Schubladen ganz heraus und fühlte mit den Händen nach geheimen Fächern. Es gab keine. Auch kein zerknittertes altes Papier. Ich richtete mich leicht staubbedeckt wieder auf. Vermutlich lachte sich die Haushälterin über uns kaputt.

Mein Bruder öffnete die Schiebetür, holte den Kaffee aus dem Wohnzimmer und goss jedem eine Tasse ein. Die Qualität war besser als gestern. Dann setzte er sich in den Ohrensessel neben dem kleinen Tisch mit der Schreibmaschine und sah sich in dem Raum um. Nahm ab und zu einen Schluck.

»Da steht ja etwas auf dem Papier«, sagte er auf einmal.

Wir wandten uns ihm zu. Er versuchte, das Papier aus der Rolle zu ziehen, aber es gelang ihm nicht.

»Reiß es doch nicht kaputt«, rief mein Vater entrüstet, »sondern lies vor!«

»Es ist nur ganz schwach gedruckt«, sagte mein Bruder. Er wandte den Kopf hin und her und drehte am Arm der Klemmlampe, um besser sehen zu können.

»Wenn ich einmal tot bin«, las er laut, »bin ich nicht eines natürlichen Todes gestorben, sondern es wurde nachgeholfen.«

»Was?« sagten mein Vater und ich gleichzeitig, standen auf und beugten uns ebenfalls über das Papier. Wir lasen noch einmal gemeinsam, langsam.

»Wenn ich einmal tot bin, bin ich nicht eines natürlichen Todes gestorben, sondern es wurde nachgeholfen. Wenn ihr endlich dazu gekommen seid, dies zu lesen, bin ich wahrscheinlich schon verbrannt worden. Und es wird nicht mehr möglich sein, das Gift in meinem Körper nachzuweisen.«

Wir sahen uns sprachlos an und sofort dachte ich an die Flammen hinter dem Panzerglas.

Monika Huhn

Bruderliebe

»Das kann doch nicht Ihr Ernst sein!«

Lukas fuhr sich mit beiden Händen durch sein wirres Haar. Sein Gesicht war gerötet, seine braunen Augen wässrig.

»Sie können Schuster nicht davonkommen lassen«, sagte er mit lauter Stimme zu Hauptkommissar Rother. »Er hat meine Schwester vergewaltigt. Er ist schuld, dass sie seit Wochen im Koma liegt.«

Rother antwortete ihm ruhig, aber bestimmt: »Sie wissen doch, wir haben keinerlei Handhabe gegen ihn. Er hat ein wasserdichtes Alibi. Es gibt keine Spuren von ihm am Tatort. Wir müssen ihn laufen lassen.«

Doch Lukas ließ das nicht gelten. Er stand mit einem Ruck von seinem Stuhl auf, sodass dieser mit einem lauten Krachen nach hinten umkippte.

»Sie wissen aber auch, dass Schuster meine Schwester wochenlang verfolgt und belästigt hat. Er hat Laura mehrfach aufgelauert und sie immer wieder angerufen. Dass er bei ihr keine Chance hatte, wollte er einfach nicht wahrhaben!«

»Ja, das alles ist uns bekannt, aber trotzdem ... Das Gesetz ist leider auf seiner Seite. Die Spurenlage spricht eindeutig gegen eine Festnahme.«

»Dann muss ich das selbst in die Hand nehmen, wenn die Polizei untätig zuschaut.« Aufgebracht ging Lukas in dem kleinen, unordentlichen Büro des Hauptkommissars auf und ab.

»Nein, lassen Sie das! Sie machen sich sonst strafbar. Das hilft Ihrer Schwester nicht. Ich will nicht SIE einsperren anstelle des wahren Täters.«

Rother nahm seine Tasse und nippte an seinem Kaffee. Angewidert verzog er sein Gesicht.

»Schon wieder kalt«, murmelte er. Seufzend stellte er die Tasse ab. Er suchte den Blick von Lukas und sah ihn eindringlich an. »Ich kann Sie sehr gut verstehen. Wenn ich an Ihrer Stelle wäre, würde ich genauso reagieren. Aber denken Sie auch an Ihre Eltern, sie haben schon genug Sorgen mit Laura. Wollen Sie ihnen noch mehr Kummer bereiten? Und das wird die Folge sein, wenn Sie Ihre Rachegedanken nicht aufgeben!«

Lukas schluckte. An seine Eltern hatte er überhaupt nicht gedacht, sondern nur an seine Schwester.

Ich muss Rother beruhigen, ging es Lukas durch den Kopf.

»Sie haben recht, Herr Rother, danke, dass Sie mir meinen Kopf zurechtgerückt haben.«

Rother lächelte, erhob sich und streckte Lukas die Hand hin. »Hoffentlich geht es Ihrer Schwester bald wieder besser. Wir werden alles tun, um den Täter zu finden. Sobald sich etwas Neues ergeben sollte, melde ich mich bei Ihnen.«

Lukas dankte ihm, verließ das Kommissariat und machte sich auf den Heimweg.

Der Kommissar hat sicher recht, ich darf keine Selbstjustiz ausüben. Aber ich kann und werde das Ganze nicht auf sich beruhen lassen. Ich muss einfach etwas tun. Ich werde mich in jeder freien Minute an die Fersen dieses Kerls heften, überlegte Lukas auf dem Nachhauseweg. Die Tatsache, dass es seiner Schwester so schlecht ging und der Vergewaltiger auf freiem Fuß war, machte ihn wütend und traurig zugleich. Er änderte spontan seinen Weg und ging zum Krankenhaus, um nach Laura zu sehen.

Auf der Treppe kam ihm ein Pfleger entgegen.

»Guten Tag, Herr Gerber, Sie wollen bestimmt zu Ihrer Schwester.«

»Hallo, Robert, ja, ich will zu Laura, gibt es was Neues?« Hoffnungsvoll schaute Lukas den Pfleger an.

»Nein, alles unverändert. Ihre Eltern sind auch hier.«

Lukas dankte dem Pfleger, klopfte kurz an, trat ins Krankenzimmer und begrüßte seine Eltern. Wie immer wurde er von den piepsenden Geräuschen der Herzfrequenzmaschine empfangen.

Sein Vater schaute vom Krankenbett auf. »Und, hat die Polizei ihn festgenommen?«

Lukas schüttelte traurig seinen Kopf.

»Also nicht«, sagte der Vater fassungslos. Er bedeckte sein Gesicht mit den Händen, seine Schultern zuckten.

»Die Polizei kann ihm nichts beweisen, er hat ein hieb- und stichfestes Alibi. Sie können absolut nichts tun«, antwortete Lukas mit erstickter Stimme. Langsam rollten Tränen über seine Wangen.

Seine Mutter weinte, sein Vater legte ihr tröstend den Arm um die Schulter. Lukas sah, dass auch sein Vater mit den Tränen kämpfte. Seine Mundwinkel zuckten, sein Gesicht war bleich.

»Wir haben auch noch eine schlechte Neuigkeit«, sagte seine Mutter mit zitternder Stimme. »Laura soll aus dem Krankenhaus in ein Pflegeheim verlegt werden. Die Ärzte können nichts mehr tun, sie müssen sie entlassen. Und sie können sich einfach nicht erklären, warum Laura nicht aus dem Koma erwacht, obwohl alle Medikamente abgesetzt wurden. Nach Auskunft von Dr. Waldhoff müsste sie längst aufgewacht sein.« Sie nahm Lauras Hand und streichelte darüber. »Aber wir können die Pflege nicht übernehmen, das schaffen wir einfach nicht. Darüber haben wir bereits mehrfach diskutiert. Und du, du musst ja auch arbeiten.«

Resigniert zuckte Lukas mit den Schultern. »Ja, ich weiß, das ist für uns nicht machbar, ein Pflegeheim ist leider die beste Lösung für Laura.« Er fühlte sich so hilflos wie noch nie in seinem Leben.

»Dr. Waldhoff hat uns ein Pflegeheim in der Weststadt empfohlen, wir haben dort auch schon angefragt. Bereits morgen kann sie verlegt werden«, ergänzte sein Vater.

»Das ist wenigstens ein kleiner Lichtblick«, sagte Lukas. »Ich werde mir morgen Urlaub nehmen und Laura bei der Verlegung begleiten.«

Seine Eltern dankten ihm, und sie verließen gemeinsam das Krankenhaus.

Am nächsten Tag ging Lukas schon früh in die Klinik, um Lauras wenige Sachen zu packen. Er räumte den Spind aus, ging ins angrenzende Bad und füllte Lauras Kulturbeutel.

Gerade wollte er den Raum verlassen, als die Tür zum Krankenzimmer aufging und Robert schnell und leise auf das Krankenbett zulief. Robert schien Lukas nicht wahrzunehmen. Lukas wollte sich gerade bemerkbar machen, als er sah, wie Robert Laura küsste und zärtlich streichelte. Lukas machte einen leisen Schritt hinter die Tür. Er beobachtete Robert und hörte, wie er auf Laura einredete.

»Hallo, meine Süße, na, wie geht es dir heute? Hast du mich letzte Nacht vermisst?« Roberts Stimme klang sanft und zärtlich. »Ich bin so glücklich, dass wir endlich zusammen sein können. Jetzt trennt uns niemand mehr, ich werde mich immer um dich kümmern.« Robert holte eine Spritze aus seiner Kitteltasche, injizierte sie Laura und gab ihr einen letzten Kuss, bevor er das Krankenzimmer eilig verließ.

Lukas holte tief Luft. Vor lauter Überraschung hatte er gar nicht bemerkt, dass er den Atem angehalten hatte. Er war wie vom Donner gerührt. Was war das jetzt? Robert? Sollte er etwa der Vergewaltiger und für das lange Koma von Laura verantwortlich sein? Er musste Hauptkommissar Rother informieren, aber vorher musste er dafür sorgen, dass Laura noch einen Tag länger im Krankenhaus blieb. Wenn Robert erfuhr, dass Laura verlegt werden sollte, könnte das das Todesurteil für sie sein.

Lukas ging aus dem Krankenzimmer und sah auf dem Flur Dr. Waldhoff.

»Doktor, ich muss sofort mit Ihnen reden!« Lukas packte Dr. Waldhoff am Arm und zog ihn auf die Seite.

»Ja, Herr Gerber, was gibt es denn so dringend?«, fragte Dr. Waldhoff mit einem Blick auf seine Uhr.

»Können Sie mir sagen, welche Medikamente Laura derzeit bekommt?«

Fragend schaute Dr. Waldhoff Lukas an. »Ihre Schwester erhält inzwischen keine Medikamente mehr, außer Thrombose-Spritzen.«

»Ach so, ja, dann hat Robert ihr wohl so eine Spritze gegeben«, antwortete Lukas erleichtert.

»Nein, Herr Gerber, Robert ist nur Pflegehelfer, er darf keine Spritzen geben, das kann nicht sein.«

»Aber genau das habe ich beobachtet!«, rief Lukas aus.

»Da muss ich ein ernstes Wort mit ihm reden«, sagte Dr. Waldhoff.

»Bitte tun Sie das nicht. Ich will zuerst die Polizei einschalten. Es wäre sicher besser für Laura, wenn sie noch einen Tag hier im Krankenhaus bleiben könnte«, bat Lukas.

Nach kurzer Diskussion erklärte Dr. Waldhoff sich bereit, Laura noch länger im Krankenhaus zu behalten.

Nach dem Gespräch mit dem Arzt fuhr Lukas sofort ins Kommissariat zu Hauptkommissar Rother und erzählte ihm, was er im Krankenzimmer gesehen hatte und von seiner Unterhaltung mit Dr. Waldhoff.

»Ich bin überzeugt, dass Robert der Täter ist! Glauben Sie das nicht auch?«, fragte Lukas eindringlich.

Doch Hauptkommissar Rother war skeptisch. »Dieser Pfleger ist im Rahmen unserer Ermittlungen gar nicht aufgetaucht.«

»Ja, stimmt, aber alle waren auf den Stalker fixiert. Auch ich. Und der Mann, den Schuster erwähnt hatte, konnte nicht ausfindig gemacht werden. Wenn man Schuster ein Foto von Robert zeigen würde, könnte das der Durchbruch sein.«

Rother rührte seinen Kaffee um. Er leckte den Löffel ab und verzog angewidert das Gesicht. Lukas konnte ihn nicht überzeugen.

»Nein, das ist mir alles zu unsicher, das ergibt für mich keinen Sinn und bietet keinerlei Grundlage für eine polizeiliche Aktion.«

»Ja, das ist wieder typisch die deutsche Vorsicht!« Lukas sprang wütend auf, riss seine Jacke von der Stuhllehne und verließ erbost das Büro.

Dann muss ich das eben selbst in die Hand nehmen, dachte Lukas und fuhr auf dem schnellsten Weg nach Hause.

Dort startete er seinen Computer. Auf der Seite des Krankenhauses mit den Neueinstellungen der letzten Monate fand er ein Bild von Robert.

»Na, das ist ja interessant, Robert hat erst kurz nach Lauras Vergewaltigung im Krankenhaus angefangen zu arbeiten«, sagte er zu sich selbst.

Er druckte das Bild aus und fuhr zu Schusters Arbeitsplatz.

»Was wollen Sie schon wieder von mir, ich habe der Polizei bereits alles gesagt, was ich weiß. Ich habe Ihre Schwester nicht vergewaltigt! Mein Alibi wurde überprüft und bestätigt«, sagte Schuster aufgebracht.

»Beruhigen Sie sich, das ist mir bekannt. Ich will Sie nur etwas fragen: Haben Sie diesen Mann schon mal gesehen?« Er zeigte ihm das Bild des Pflegers.

»Ja, Herr Gerber, genau, das ist er, das ist der Mann, den ich am Abend vor der Vergewaltigung mit Laura beim Italiener gesehen habe.« Aufgeregt wedelte er mit seinen Händen. »Wie kommen Sie jetzt auf ihn, woher haben Sie das Bild?«

»Das spielt jetzt keine Rolle. Vielen Dank, Herr Schuster.«

»Na, dann hoffe ich, dass die Polizei bald den wahren Täter findet, damit endlich jeglicher Verdacht gegen mich wegfällt«, rief ihm Schuster hinterher.

Lukas eilte sofort ins Krankenhaus. Er traf sich dort mit seinem Vater, den er gebeten hatte, ebenfalls zu kommen. Sie gingen in die Cafeteria, und Lukas berichtete seinem Vater, was er seit dem Morgen erfahren und unternommen hatte.

Sie beschlossen, sich im Zimmer von Laura auf die Lauer zu legen. Ohne von Robert gesehen zu werden, gingen sie gemeinsam ins Krankenzimmer. Sie versteckten sich im Bad und stellten sich auf eine längere Wartezeit ein.

Und die Zeit wollte einfach nicht vergehen. Ständig schaute einer von ihnen auf die Uhr. Erst nach über zwei Stunden kam Robert ins Zimmer. Er streichelte und küsste Laura und redete leise auf sie ein, bevor er eine Spritze aus dem Kittel holte. Doch ehe er diese ansetzen konnte, kamen Lukas und sein Vater aus ihrem Versteck hervor.

»Robert, lassen Sie sofort die Spritze fallen!«, rief Lukas laut und bestimmt.

Robert drehte sich erschrocken um. Als er die Gerbers erkannte, atmete er erleichtert auf. »Aber warum denn?«, fragte er. »Ich muss doch Laura ihre tägliche Medizin verabreichen.«

»Nein, das machen Sie sicher nicht! Dr. Waldhoff hat uns bereits erklärt, dass Laura keine Medikamente mehr bekommen muss. Also, was tun Sie mit ihr?«

Robert versuchte, die beiden zu beschwichtigen. »Doch, doch, das hat seine Richtigkeit. Erst vorhin wurde mir aufgetragen, ihr eine Thrombose-Spritze zu geben.«

»Oh, nein, auch das stimmt nicht, das dürfen Sie gar nicht.«

Wie zuvor mit Dr. Waldhoff abgesprochen, drückte Lukas den Rufknopf am Krankenbett. Sofort kam der Arzt ins Zimmer.

»Robert, was haben Sie gemacht?«, fragte Dr. Waldhoff.

Robert begriff, dass er in der Falle saß. Er ließ die Spritze fallen, schlug die Hände vors Gesicht und fing an zu schluchzen. »Aber ich liebe sie doch so sehr!«

»Wenn Sie meine Schwester wirklich lieben würden, hätten Sie ihr das nicht antun können«, sagte Lukas mit verächtlicher Stimme.

Er nahm sein Handy und rief Hauptkommissar Rother an. Dieser kam sofort mit zwei Polizisten ins Krankenhaus.

»Ich nehme Sie hiermit vorläufig fest wegen des Verdachts auf Vergewaltigung und schwere Körperverletzung, begangen an Laura Gerber!«, sagte Rother.

Hauptkommissar Rother bedankte sich bei Lukas. »Sie haben zwar meine Warnung in den Wind geschlagen, aber wenn Sie nicht so hartnäckig gewesen wären, wäre der Überfall auf Ihre Schwester wohl nie aufgeklärt worden.«

Am nächsten Morgen waren Lukas und seine Eltern bei Laura, als sie das erste Mal seit Wochen die Augen öffnete und lächelte.

Monika Huhn

Meinungsfreiheit

»Ach, ich freu mich so auf unseren Urlaub, übermorgen sind wir schon in Österreich.« Erwartungsvoll schaute Paula ihren Mann an.

»Mh, mh.« Berthold vertiefte sich in seine Zeitung.

»Na toll, ich hab hier die ganze Mühe, suche einen passenden Urlaubsort und ein schönes Hotel aus, und was macht der Herr? Mh, mh.« Paulas Stimme wurde mit jedem Wort schriller.

»Ja, Liebste, ist ja schon gut. Ich freue mich doch auch auf unseren Urlaub. Und ich bin sicher, du hast alles wunderbar organisiert und gebucht.« Berthold zog seinen Kopf zwischen die Schultern und zeigte seiner Frau ein aufgesetztes Lächeln, doch das nahm sie gar nicht wahr. Das Wort »Liebste« hatte sie schon wieder besänftigt.

Er wusste nach über fünfzehn Ehejahren ganz genau, was seine Frau hören wollte. Und wenn er sich dann mal traute, einen ihrer Vorschläge abzulehnen, strafte sie ihn tagelang mit Nichtachtung, heulte den ganzen Tag und kochte Gerichte, die er nur widerwillig herunterwürgte.

So machte sie ihm das Leben zur Hölle!

Deshalb hatte er nach und nach resigniert und ihr das Zepter überlassen. Eine eigene Meinung durfte er schon seit dem Tag ihrer Hochzeit nicht mehr haben.

Diese Art von Ehe hatte er sich bei der Trauung nicht vorgestellt. Doch er fügte sich inzwischen in sein Schicksal. Er wollte nur noch seine Ruhe.

Paula hatte bestimmt, dass er mehr aus sich machen musste, also hatte sie ihn bei der Meisterschule angemeldet. Als er dann die Prüfung mit Bravour bestanden hatte, war es wieder Paula, die seine jetzige Arbeitsstelle auf einmal als nicht mehr angemessen für ihn erachtete. Er bewarb sich auf ihr Drängen hin beim größten Arbeitgeber der Stadt und bekam dort sofort eine leitende Stelle.

Aber sie war immer noch nicht zufrieden. Nach dem Tod seiner Eltern waren Paula und er in sein Elternhaus gezogen. Sie hatten es liebevoll renoviert und sich ein gemütliches Nest eingerichtet. Nun war ihr das Haus ebenfalls nicht mehr repräsentativ genug – es musste verkauft werden. Für sie kam lediglich eine Villa in der noblen Gegend auf dem Hügel der Stadt in Frage. Die Raten waren immens, doch Paula dachte nicht daran, einer Arbeit nachzugehen.

»Das gehört sich nicht in höheren Kreisen, dass eine Ehefrau arbeitet, es sein denn, sie ist Ärztin, Vorstandsvorsitzende oder Politikerin. Ich engagiere mich bei sozialen Projekten, das reicht mir völlig«, war ihre Standardantwort auf seine Frage, ob sie nicht eine bezahlte Tätigkeit annehmen könnte.

Höhere Kreise, pah! Sie wollte einfach dazugehören, hatte sogar auf ein Theaterabonnement bestanden, obwohl sie Theater oder gar Oper überhaupt nicht mochte. Er übrigens genauso wenig. So waren jetzt jeden zweiten oder dritten Samstag Anzug und Krawatte statt gemütlicher Couch-Abende angesagt. Schließlich mussten sie ja an dem Tag ins Theater, an dem der Oberbürgermeister, einige

Stadträte und auch sein Chef dort anzutreffen waren, sozusagen die Crème de la Crème der Provinzstadt.

Seit vier Tagen waren sie im Zillertal, verbrachten ihre Urlaubstage in einem 5-Sterne-Hotel mit Schwimmbad und Wellnessbereich. Auch beim Urlaub ging es nach Paulas Wünschen. Berthold wäre gerne mal ans Meer gefahren, nach Italien, um Sonne, Strand und La Dolce Vita zu genießen.

»Was willst du denn dort, jeden Tag nur Pizza, und kein Mensch versteht dich«, hatte sie seinen Vorschlag gleich mit herrischer Stimme abgelehnt.

Also ging es Jahr für Jahr nach Österreich in die Berge, wo sie ausgedehnte Höhenwanderungen unternahmen.

Und die ganzen vier Tage hatte es in Strömen geregnet, entsprechend war die Laune seiner Frau.

»Jetzt können wir überhaupt nicht aus dem Hotel raus! Was ist denn das für ein Urlaub?«, fragte sie wütend, doch die Frage war rhetorisch. Sie erwartete keine Antwort von Berthold.

Am fünften Tag klarte sich der Himmel endlich auf. Die blauen Flecken zwischen den Wolken wurden immer größer, und die Sonne kam durch.

»Na, wurde auch Zeit. Heute machen wir eine große Tour«, sagte Paula und lachte vor Freude.

»Meinst du nicht, dass das zu gefährlich ist? Die Wege sind bestimmt noch nass und rutschig«, erwiderte Berthold.

»Du hast immer an allem etwas herumzunörgeln.« Paula war außer sich. »Jetzt ist endlich schönes Wetter, aber nein, der Herr findet wieder ein Haar in der Suppe!«

»Paula, Liebste, so habe ich das doch nicht gemeint. Ich will nur nicht, dass dir was passiert. Natürlich machen wir unsere Tour.« Berthold hielt ihr beschwichtigend die Hände entgegen. Er wollte keinen Streit, schon gar nicht im Urlaub.

»Na also, geht doch.« Einmal mehr hatte sie ihren Kopf durchgesetzt.

Sie ließen sich vom Hotel ein Vesperpaket richten, zogen ihre Wanderschuhe an und machten sich auf den Weg.

Zuerst verlief ihre Wanderung auf gemütlichen, leicht ansteigenden Wegen, sodass sie gut vorwärts kamen. Sie sahen wilde Blumen am Wegrand, auf denen Bienen saßen. Einige Feldhasen hoppelten erschrocken fort, und über ihren Köpfen zogen die Vögel ihre Kreise. Die Erde um sie herum roch feucht, leichter Dunst stand über den Feldern im Tal.

Nach einiger Zeit begann der Weg, steiler und schmaler zu werden. Paula und Berthold liefen hintereinander im Gänsemarsch, vorbei an den ersten schroffen Felsen. Je höher sie kamen, umso kälter wurde es. Die Sonne hatte sich schon längst wieder verabschiedet. Der Wanderweg ging allmählich in einen Trampelpfad mit vielen Wurzeln und Steinen über, hier war Trittsicherheit erforderlich. Als es auf die Mittagszeit zuging, fanden sie eine Bank, die in einer Felsnische stand. Sie lud geradezu zum Rasten ein. Dort holten sie Vesper und Getränke aus dem Rucksack.

»Jetzt haben die vom Hotel Wurstbrötchen eingepackt, ich wollte doch Käse.« Paula verzog das Gesicht. »Denen werde ich was erzählen, wenn wir wieder zurück sind.«

Berthold seufzte und schüttelte den Kopf. *Jetzt hat sie sogar am Vesper etwas auszusetzen. Diese Frau ist einfach nicht zufriedenzustellen,* dachte er.

»Sagst du gar nichts dazu?« Mürrisch schaute Paula ihn an und schüttelte den Kopf.

»Was soll ich denn sagen? Mir ist das egal, ich esse beides gern.«

»Du gehst halt immer den Weg des geringsten Widerstandes. Du könntest doch auch mal eine eigene Meinung haben!« Ihre Stimme war laut und zornig, bei jedem Wort stach sie mit dem Zeigefinger auf ihn ein.

Wenn ich nur eine eigene Meinung haben dürfte, dachte er.

»Komm, Liebste, davon lassen wir uns doch nicht unsere schöne Wanderung verderben«, sagte er mit geduldiger Stimme zu seiner Frau.

Klein beizugeben war die beste Taktik, um weitere unnötige Diskussionen zu vermeiden, das hatte er bereits vor langer Zeit gelernt.

Nach einer halben Stunde Rast liefen sie weiter. Es ging beständig auf einem immer schmaler werdenden Weg bergauf. Links erhob sich eine mächtige Felswand, rechts ging es steil bergab. Der Fußweg wand sich in vielen Kurven am Fels entlang. Wie Berthold befürchtet hatte, war der Bergpfad durch den tagelangen Regen glatt und rutschig. Außer ihnen war kaum jemand unterwegs, die letzten Wanderer waren ihnen bereits vor mehr als einer halben Stunde begegnet.

Ein großer, nass glänzender Gesteinsbrocken lag mitten auf dem Weg. Um die Wanderung fortsetzen zu können, mussten sie über den Brocken klettern. Paula ging wie immer voraus. Kaum hatte sie einen Fuß auf den glatten Stein gesetzt, hörte sie von oben ein Geräusch. Mehrere kleine Bruchstücke hatten sich aus der Felswand gelöst und polterten ins Tal hinab. Sie erschrak durch die herabstürzenden Steine und wollte sich zu Berthold umdrehen. In der Drehung rutschte sie langsam, wie in Zeitlupe, von der glatten Felsoberfläche ab.

Geistesgegenwärtig griff Berthold zu und konnte gerade noch mit einer Hand ihr Handgelenk fassen. Sie hing bereits über der Kante des Weges. Mehrere hundert Meter unter ihr war abgrundtiefe Leere.

»Los, worauf wartest du? Zieh mich endlich hoch!«, herrschte Paula ihren Mann an.

Blitzartig gingen Berthold all ihre Sticheleien und Boshaftigkeiten durch den Kopf. Das hier, das war seine Chance.

Ganz langsam, Finger für Finger, löste er seine Hand von ihrem Handgelenk. Er blickte ihr die ganze Zeit über fest in die Augen.

Mit Schrecken erkannte sie an seinem Blick, was er vorhatte.

»Nein, das kannst du nicht machen«, schrie sie.

»Ich habe genug von dir und deiner Bevormundung«, sagte er ruhig und gelassen. Das waren seine letzten Worte zu Paula, bevor er sie endgültig losließ.

Er hörte ihren gellenden Schrei, dann einen dumpfen Schlag, als sie tief unten auf der harten Erde aufschlug.

Vorsichtig schaute er über den Rand hinab und sah sie dort reglos mit verdrehten Gliedern liegen.

Berthold zog sein Handy aus der Hosentasche und wählte den Notruf.

»Meine Frau, sie ... sie ist abgestürzt! Ich konnte sie nicht halten, ich hab noch versucht, sie hochzuziehen, aber ... bitte, kommen Sie schnell!«, sagte er mit weinerlicher Stimme und schluchzte ins Telefon.

Dann erhellte ein diabolisches Grinsen sein Gesicht. Endlich hatte er seine Meinungsfreiheit wieder.

Ramona Astner

Totenstill

Draußen dämmerte es bereits. Die Straßenlichter gingen an, und ich lag in meinem warmen, gemütlichen Bett. Eigentlich mochte ich keine Horrorfilme. Sie machten mir Angst. Aber meiner besten Freundin Grace zuliebe schaute ich mir diesen Film an. Mein Zimmer war dunkel, nur der Fernseher erleuchtete es. Grace lag neben mir. Gespannt starrten wir auf den Bildschirm.

Meine Schwester Savannah tauchte im Türrahmen auf. Sie drehte ihre blonden Haare mit ihren Fingern ein und sah uns beide an.

»Hör zu, Lucia«, sagte sie und zeigte auf mich, »nur weil unsere Eltern einen auf Wellness-Wochenende machen, heißt das noch lange nicht, dass ich euer Babysitter bin und mit euch abhängen muss. Ich geh jetzt mit Brian und Connor ins Pulse! Benehmt euch, ihr Looser!«

Ihre Schritte verklangen auf der Treppe, dann schlug die Haustür zu. Wer konnte ihr auch verdenken, lieber mit ihren Freunden loszuziehen als für uns den Wachhund zu spielen. Sie war immerhin achtzehn, und wir waren vier Jahre jünger als sie.

Ich griff nach ein paar Kartoffelchips und schob sie in den Mund. Angespannt verfolgte ich den Film, der mit jeder Szene gruseliger wurde. Mein Finger lag bereits auf der Aus-Taste der Fernbedienung, doch noch war die Neugier größer als die Angst. Als ich es nicht mehr aushielt, stupste ich Grace an. Doch sie war bereits im Land der Träume. Unsanft rüttelte ich an ihr.

»Hey, Grace, jetzt wach doch mal auf!«

Grace grunzte und drehte sich um.

»Die hat sie doch nicht mehr alle, die kann mich doch jetzt nicht alleine lassen!«

Als der Zombie das Mädchen auseinanderriss, drückte ich schnell auf die Aus-Taste.

Ich atmete erleichtert auf und blickte aus dem Fenster. Draußen war nichts zu sehen außer Ästen, die sich im Wind bewegten.

Unheimlich heute. Ich sollte einfach versuchen zu pennen, dachte ich, kuschelte mich unter die Decke und drehte mich zur Wand. Ich war müde, konnte aber nicht einschlafen. Also holte ich einen Deadpool-Comic aus dem Nachttisch und knipste die Taschenlampe an. Da erblickte ich im Lichtkegel das Gesicht eines fremden, zornigen Mannes mit Augen, aus denen Feuer schlug.

Es war ein mit Kohlestift gezeichnetes Porträt, das mein Großvater letztes Jahr für mich gemalt hatte. Unter dem Bild stand der Titel: *Porträt des Teufels.*

Ein kalter Schauer lief mir den Rücken hinunter, und ich fragte mich, warum ich dieses Bild nicht schon längst abgehängt hatte. Ich fühlte mich beobachtet. Es war unheimlich. Ich drehte mich zu Grace. Mein Herz pochte so laut, bestimmt konnte man es noch im Nachbarhaus hören. Ich hatte Angst. Ich wusste nicht, wovor. Bei jedem Motorengeräusch eines Autos, das durch die Straßen der Nacht fuhr, war ich erleichtert. Es zeigte mir, dass es noch Leben gab. Doch sobald das Geräusch verschwand, umhüllte mich wieder dieses seltsame Gefühl. Seit ein paar Wochen war alles anders. In der Schule hatte ich allein durch meine Gedanken eine schlechte

Klassenarbeit verbrennen lassen. Das hatte mich bei meinen Mitschülern nicht gerade beliebter gemacht.

»Hexe«, nannten sie mich.

Ich rutschte näher an Grace heran. Es wurde immer anstrengender, die Augen offen zu halten. Irgendwann fielen sie doch zu.

Plötzlich war ein lauter Knall zu hören, der mich aus dem Schlaf riss. Ich schreckte hoch. Draußen hatte sich ein Unwetter zusammengebraut. Regen prasselte gegen die Fensterscheiben.

Grace murmelte etwas Unverständliches vor sich hin und schlief weiter.

Steif wie ein Brett saß ich im Bett.

»Die hat Nerven, draußen tobt ein Unwetter, und sie pennt einfach weiter.« Ich schüttelte meinen Kopf, schob die Decke beiseite und stand auf. Schnell schlich ich zur Tür, öffnete sie leise, betrat den langen finsteren Flur und ging die Treppe hinunter.

Ich tastete mich an der Wand entlang, bis ich den Lichtschalter gefunden hatte, und schon wurde der Raum von Helligkeit geflutet.

»Schon besser«, sagte ich und lief weiter in die Küche. Dort zog ich mit beiden Händen am Griff des Kühlschranks. Ein kalter Luftstrom kam mir entgegen. Gänsehaut breitete sich auf meinen Unterarmen aus. Ich nahm eine Flasche Wasser heraus und öffnete sie. Ein lautes Zischen ertönte. Das kalte Wasser glitt die Speiseröhre hinunter und löschte meinen Durst. Ich schloss die Flasche wieder und stellte sie zurück.

»Jetzt noch einmal schnell ins Bad, dann wieder ab ins Bett«, murmelte ich.

Die Tür war schwer und knarrte. Die Neonröhren erwachten summend zum Leben. Ich beugte mich über das Waschbecken und drehte den Hahn auf. Klares, kühles Wasser sprudelte heraus. Ich betrachtete mich im Spiegel. Meine zwei langen, schwarzen Zöpfe sahen noch ordentlich aus. Dann spritzte ich mir etwas Wasser ins Gesicht. Plötzlich ging das Licht im Flur aus.

»Hallo? Ist da jemand?" Keine Antwort. »Grace, bist du's?« Nichts. »Komisch.«

Ich ging auf den Flur, um kurz nachzusehen. Als ich nichts entdeckt hatte, ging ich wieder ins Bad. Ich sah auf und schrie. Im Spiegel war der Mann aus dem Bild meines Großvaters zu sehen. Aus den leeren Augenhöhlen floss Blut. Es kam direkt aus dem Spiegel und tropfte in das Waschbecken.

Der Mann grinste mich diabolisch an. Dann hörte ich eine unheimliche Stimme.

»Ich kriege dich. Ich töte dich. Du kannst mir nicht entkommen.«

Mein Herz schlug immer schneller, und ich musste nach Luft schnappen. Panik kroch herauf. Hektisch drehte ich mich um. Ich wollte weg. Doch meine Beine streikten. Sie fühlten sich an wie Beton. Ich war wie gelähmt und schrie auf. Dann knallte ich auf den kalten Boden. Immer mehr Blut füllte das weiße Waschbecken, und ich versuchte, auf allen vieren von dem Grauen wegzukriechen. Das Licht flackerte. Der Spiegel wölbte sich nach außen. Plötzlich trat Rauch aus dem Spiegel. Der Mann erschien im Bad und kam auf mich zu. Voller Panik krabbelte ich zur Tür. Die Badezimmertür fiel mit einem lauten Knall zu und versperrte mir den Weg. Wie aus dem Nichts schoss eine Hand hervor und packte mich am Fuß. Sie zog mich zurück. Sie war heiß. Ein brennender Schmerz durchdrang meine Beine. Ich trat um mich, schaffte es, mich zu befreien, und robbte schnell zurück zur Tür. Verzweifelt versuchte ich, sie zu öffnen, aber es gelang mir nicht. Verschlossen.

»Nein! Hilllfee! Gracceee! Wach auf! Hilllfee!«

Ich rüttelte an der Tür, doch sie ging nicht auf. Dann nahm ich all meinen Mut zusammen, rappelte mich hoch und warf mich mit aller Kraft dagegen. Mit einem Ruck öffnete sich die Tür. Ich verlor das Gleichgewicht und stürzte. Ängstlich blickte ich zurück. Eine feurige Blutspur näherte sich. Ich raffte mich auf und rannte los, wollte zurück zu Grace. Doch wie aus dem Nichts stand plötzlich das ganze Haus in Flammen. Tränen liefen mir über die Wangen, und ich musste husten. Im dichter werdenden Rauch versuchte ich, die Haustür zu finden. Über mir hörte ich ein Krachen. Schnell sprang ich zur Seite. Ein herabfallender Balken streifte meine Schulter und hinterließ einen pochenden Schmerz.

Als sich der Rauch gelichtet hatte, stand der Mann aus dem Spiegel vor mir. Er war in gelbe und rote Flammen gehüllt und streckte seine Hand nach mir aus. Ich wich dem Griff aus, stemmte mich nach oben und rannte aus dem Haus.

Wieder musste ich an Grace denken und wurde langsamer. Der Mann aus dem Spiegel war immer noch da. Er kam direkt auf mich zu. Mit jedem Schritt verdorrte das Gras unter seinen Füßen, und alles um ihn herum verbrannte.

»Du entkommst mir nicht«, sagte er. Ich drehte mich um und lief los. Der Regen peitschte mir ins Gesicht. Meine Kleidung war durchnässt. An einem Baum hielt ich an und blickte mich hektisch um. Doch es war niemand zu sehen. Mir wurde schlecht, alles begann, sich zu drehen. Ich drückte meine rechte Hand gegen meinen Bauch und erbrach. Dann wischte ich mir den Rest des Erbrochenen mit dem Ärmel weg. Meine Beine wurden schwach, und mein Körper begann zu zittern.

Ich hatte Schmerzen. Es fühlte sich an, als ob mir jemand Tausende von Nadeln in den Kopf jagen würde. Plötzlich hörte ich Stimmen. Sie schrien alle durcheinander. Verstehen konnte ich nicht, was sie sagten. Mit den Händen hielt ich mir die Ohren zu. Es wollte einfach nicht aufhören. Es war furchtbar! Ich sackte zusammen.

»Lasst mich in Ruhe! Verschwindet aus meinem Kopf!«

Doch sie ließen mich nicht in Ruhe, stattdessen wurden sie immer lauter. Ich war verzweifelt und schrie um Hilfe. Aber niemand hörte mich. Niemand.

»Was wollt ihr von mir? Was habe ich getan? Oh, bitte, mach, dass es aufhört.« Tränen quollen aus meinen Augen. Dann hörte ich eine weitere Stimme. Doch diese war nicht in meinem Kopf. Sie erklang draußen. Der Wind trug sie zu mir. Wieder und wieder die gleichen Sätze.

»Ich finde dich. Ich töte dich. Du kannst mir nicht entkommen!«

Hektisch sah ich mich um, entdeckte aber niemanden. Da schrie ich unter Tränen in den Wind hinein.

»Wo bist du? Was ist dein beschissenes Problem? Komm her und zeige dich!«

Doch es kam keine Antwort. Nur die Stimme, die sich wiederholte. Ich wusste nicht, was ich machen sollte. Stehenbleiben? Weiterlaufen? Oder doch warten, was passiert? Auf einmal hörte ich Schritte und Klingen, die aneinander gerieben wurden. Voller Angst hetzte ich weiter. Alles fühlte sich schwer an. Meine Beine, meine Arme, einfach alles. Die Schritte und das Wetzen der Klingen kamen näher. Ich lief weiter, versuchte, meine Schritte zu beschleunigen. *Bilde ich mir das alles nur ein, oder ist das real? Egal, ob echt oder nicht, es soll aufhören. Und zwar sofort!*

Ich schaute über die Schulter zurück, doch ich sah nichts. Noch immer war die Stimme da und wiederholte sich.

»Ich finde dich. Ich töte dich. Du kannst mir nicht entkommen!«

Auf einmal hörte ich Gelächter. Es wurde immer lauter, also lief ich darauf zu. Ich erkannte drei junge Männer und eine Frau.

»Hilfe! Bitte helft mir.«

Sie blieben stehen.

»Gott sei Dank«, sagte ich. Doch als sie sich umdrehten, zerbrach meine Hoffnung. Sie waren blutbeschmiert und hatten ebenfalls schwarze Augenhöhlen, aus denen Blut quoll. Ihre Münder waren zugenäht. Ich schrie auf. Mein Herz sprang mir fast aus der Brust.

»O nein, was zur Hölle geht hier nur vor?« Sie torkelten auf mich zu. »Verdammte Scheiße!«

Ich lief rückwärts und stolperte. Sie kamen näher. So schnell ich konnte, krabbelte ich davon.

Was sind das nur für Wesen! Was mache ich jetzt?

Da war sie wieder, die Stimme. Ich hielt mir die Ohren zu und schüttelte den Kopf.

»Die U-Bahn-Station. Ich muss zur U-Bahn.« Keuchend hetzte ich durch die Straßen und bog in irgendeine Seitenstraße ein. Je weiter ich lief, desto dunkler wurde es. Ich konnte nicht mehr, ließ mich fallen und rollte mich auf dem Gehweg zusammen.

Ich schloss die Augen. Niemand hörte meine Schreie in dieser Nacht. In was für einer Welt war ich gelandet? Gab es nur noch mich? Wann hatte dieser Alptraum ein Ende? Mein Körper schmerzte. Ich zitterte. Mein Herz schlug unregelmäßig, und ich rang nach Luft.

Es regnete immer noch. Der Asphalt scheuerte meine nasse Haut auf. Noch immer lag ich zusammengerollt und weinend auf dem Boden. Kurzzeitig wusste ich nicht mehr, wo ich war. Dann entdeckte ich ein Licht.

Ach ja, ich wollte doch zur U-Bahn.

Noch einmal sammelte ich mich und stand auf.

Vor der ausgeschalteten Rolltreppe blieb ich stehen. Ich sah in den dunklen Schlund. Mein Herz pochte. Einen Fuß nach dem anderen setzte ich auf die Stufen und ging vorsichtig hinunter. Meine Hand glitt am Geländer entlang. Warme Luft umhüllte mich.

Ich blieb starr stehen und betrachtete den Bahnsteig. Alles war still. Totenstill.

Da ertönte ein unüberhörbares Summen. Es wurde lauter, der Boden fing an zu vibrieren. Eine weiße U-Bahn rollte ein. Sie hielt an und öffnete die Türen. Ich zögerte. Doch ich musste weg, also stieg ich ein.

Ich ließ mich in einen der Sitze sinken, und für einen Moment war alles gut. Die Stimmen hörten auf. Mir wurde schwindlig, ich schloss die Augen und wartete. Ich wollte nichts wissen, nichts hören und nichts sehen. Wie würde es weitergehen? Erschöpft schlief ich ein. Nach einer Weile öffnete ich die Augenlider. Sie fühlten sich schwer an. Ich starrte aus dem Fenster. An den Bahnsteigen standen keine Menschen, und keiner außer mir saß in der Bahn.

Da war aber noch etwas. Sie hielt nicht an. Im Gegenteil, sie wurde immer schneller. Ein Licht flackerte bedrohlich.

«Hallo? Ist da jemand?« Ich bekam keine Antwort, also stand ich auf. Schritte kamen auf mich zu. Ein Mann in schwarz-roter Uniform stand im Gang.

»Entschuldigen Sie, Miss. Ihren Fahrschein, bitte!" Er lächelte mich an.

Sofort redete ich auf ihn ein. »Sie müssen mir helfen, bitte. Irgendetwas stimmt hier ganz und gar nicht, bitte ..." Ich brach ab.

Der Mann lachte.

»Äh, Moment mal, wo genau fährt diese Bahn eigentlich hin?«

Sein Gesicht veränderte sich, zerfloss und setzte sich neu zusammen. Jetzt sah er aus wie der Mann aus dem Spiegel. Seine Augenhöhlen waren schwarz und bluteten. Ich wich zurück und stieß mit dem Rücken gegen eine Tür. Vergeblich versuchte ich, sie zu öffnen. Unter meinen Handflächen wurde es heiß. Ich schrie auf, dann sackte ich zusammen. Ein schwarzes Wesen, umhüllt von lodernden Flammen, kam auf mich zu. Meine Augen weiteten sich.

»Willkommen zu Hause, Lucia Harper. Meine Tochter. Du bist die Ausgeburt der Hölle.«

Er lachte. Flammen näherten sich mir.

Ich schrie. Dann war es still. Totenstill.

Ramona Astner

Rabenschwarzer Montag

Ein schrilles Piepen riss mich an diesem Montag aus dem Schlaf. Es war der Wecker, den ich vor Kurzem von meiner Schwester erhalten hatte. Eine schwarze Katzenfigur mit geschlossenen Augen und weißen Ohren, eine Nemu Neko. Ich liebte sie.

Ich wälzte mich hin und her, zog die Decke über den Kopf und trommelte mit den Füßen auf die Matratze. Doch es half alles nichts – ich musste aufstehen. Mit meinen Fingerknöcheln rieb ich meine Augen und seufzte.

Seit fünfzehn Tagen war ich schon bei meiner Schwester und immer noch fühlte sich alles so fremd an. Es roch anders, die Geräusche waren anders. Wie gerne wäre ich jetzt zu Hause in Deutschland. Würde gemeinsam mit Lenia und Marlo unten am Fluss sitzen und chillen. Aber nein, stattdessen war ich hier in einer viel zu großen Stadt, mit viel zu vielen Menschen, deren Sprache ich kaum beherrschte, und machte mich für den ersten Schultag fertig.

Ich war hier, weil ich keine andere Wahl hatte. Ich sollte in ein Heim kommen, da meine Eltern bei einem Autounfall gestorben waren. Noch heute kann ich mich an das längliche Gesicht der Polizistin erinnern, das mich an eine freundliche Stute erinnert hatte. Meine Schwester setzte sich für mich ein, und nun war ich hier. Ich wusste nicht, ob es das Richtige war. Letztendlich war es für mich die einzige annehmbare Möglichkeit. Schließlich war sie meine Schwester.

Nachdem ich einige Minuten auf dem Bett gesessen und vor mich hingeträumt hatte, trottete ich zu meinem Kleiderschrank. Ich öffnete ihn und starrte hinein. Viele Klamotten hatte ich nicht, aber es reichte vorerst einmal aus. Ich schnappte mein violettes Kapuzenshirt und eine kurze schwarze Jeans, zog beides an und machte mich auf den Weg ins Bad.

Als ich mich ein wenig frisch gemacht hatte, ging ich die Treppe hinunter, direkt in die Küche. Meine Schwester hatte heute Frühschicht. Sie arbeitete als Krankenschwester in einem Krankenhaus und war schon weg. Sie hatte für mich eine Vesperbox mit Reisbällchen, gegrilltem Fisch und eingelegtem Gemüse vorbereitet.

Typisch japanisch, dachte ich mir.

Dann entdeckte ich eine Flasche mit einer grünen Flüssigkeit darin. Ich tippte auf original japanischen grünen Tee.

Ich las den Zettel, der daneben lag.

»Liebste Sarina, ich wünsche dir einen tollen ersten Schultag!«

Ich lächelte. Neben dem Zettel lag eine ausführliche Wegbeschreibung.

Die Schule hieß Tentan – Oberschule. So viel wusste ich. In Deutschland wäre ich jetzt in die achte Klasse eines Gymnasiums gekommen. Da hier aber das Schulsystem anders war, ließ ich mich einfach überraschen. Ich packte alles in meinen Puma-Rucksack und nahm die Wegbeschreibung mit. Leise zog ich die Haustür hinter mir zu und machte mich auf den Weg zur Schule.

Mit unruhigem Magen ging ich die Straße entlang bis zur Ampel. Als ich dort stand und wartete, bemerkte ich ein rabenschwarzes Auto, das am Straßenrand stand. Es war ein alter Porsche. Ich tippte auf ein Modell aus dem Jahre 1964. Als Porsche-Fan erkannte ich das sofort.

Ein schicker Flitzer, dachte ich und sah wieder auf die Wegbeschreibung. Bei Grün überquerte ich die Straße und lief weiter geradeaus. Ich hielt kurz inne und schaute auf die Uhr.

»Viertel nach sieben. Da habe ich ja noch massig Zeit. Ich glaube, ich schau mich hier ein wenig um«, sagte ich zu mir selbst. Ich lief weiter und durchquerte einen nahegelegenen Park. Es war ein toller Anblick. Alles blühte rosa. Überall waren Kirschblütenbäume zu sehen. Ich lächelte und fühlte mich sofort wohl. Minutenlang stand ich im Park und genoss die Aussicht, bevor ich weiterging.

Da sah ich schon wieder diesen schwarzen Porsche. Er fuhr langsam an mir vorbei. Der Fahrer sah mich lange und intensiv an. Verwundert riss ich die Augen auf.

Was wollen die Typen von mir? Stand der nicht eben noch an der Straße? Nicht, dass mich die Typen entführen wollen und mich für irgendwelche perverse Spielchen missbrauchen, dachte ich und rannte los.

Dann entdeckte ich die neue Schule. Endlich Menschen und Sicherheit. Das Gebäude sah aus wie ein gigantisches U mit zahlreichen Fenstern. Ich staunte und näherte mich dem Eingang. Ein Junge und zwei Mädchen standen dort und unterhielten sich. Alle hatten eine Schuluniform an. Nur ich nicht. Sie starrten mich alle an, als ob ich von einem anderen Planeten stammte. Mir wurde heiß. Am liebsten wäre ich umgekehrt. Doch ich blieb und versuchte, die Blicke zu ignorieren.

Plötzlich rollte mir ein Fußball vor die Füße. Suchend schaute ich mich um. Da kam mir ein sportlicher Junge entgegen. Ich schätzte, er war in meinem Alter. Er hatte dunkle, gestylte Haare und einen hellen, fast weißen Teint. Ich schluckte. Er machte mich nervös, weil ich ihn auf Anhieb so süß fand. Ich hob den Ball auf und gab ihn dem Jungen zurück.

»Gomenasai. Oh, du bist neu hier, oder?« Er lächelte und musterte mich.

»Was? Du kannst ja deutsch?«, fragte ich verblüfft.

Er nickte. »Hallo, mein Name ist Kenji. Wenn du willst, kann ich dir ja zeigen, wo du hinmusst. Aber zuerst mach ich mich kurz frisch, in Ordnung?« Er nahm den Ball entgegen und steckte ihn unter seinen Arm.

»Hi, Kenji, ich bin Sarina. Und ja ... ich wäre dir sehr dankbar, wenn du mir helfen könntest«, antwortete ich, sah auf meine Schuhe und spürte, wie mir das Blut in die Wangen schoss.

»Gut, dann warte hier, bin gleich wieder da.« Kurz danach kam er umgezogen zurück und duftete nach Kokosnussöl.

Wir gingen in das Innere der Schule. Über verwinkelte Gänge und Korridore brachte mich Kenji zum Schulleiter. Der Mann saß hinter einem großen Schreibtisch und sah über den Rand seiner Brille zu Kenji und mir.

»Ah, Sie müssen die neue Schülerin sein, denn«, er lachte, »Sie sehen aus wie eine unserer Manga-Figuren!«

Er stand auf und umrundete den wuchtigen Schreibtisch, dann stellte er sich vor mich hin und reichte mir die Hand. Ich zögerte.

»Das wird doch so in Europa gemacht, nicht? Mein Name ist Tagaki. Ich bringe Sie in Ihre Klasse und erkläre Ihnen die Schulregeln. Und bitte ziehen Sie ab morgen Ihre Schuluniform an.« Er sah mich kurz an und schob seine Brille zurecht. Dann führte er uns in meine neue Klasse und stellte mich kurz vor.

»Wenn du willst, kannst du neben mir sitzen«, sagte Kenji und nahm mich an die Hand. Mein Herz schlug mir bis zum Hals.

Mit zitternden Fingern holte ich Block und Stift heraus und versuchte, der Lehrerin zu folgen.

In der großen Pause saß ich im Schulhof auf einer Bank und beobachtete die Schüler. Kenji setzte sich zu mir. Nach anfänglichen Schwierigkeiten gelang es uns, über dies und das zu reden. Nebenbei aßen wir unser Frühstück. Nach zwanzig Minuten ging der Unterricht weiter und endete heute für mich um 14:30 Uhr.

Ich holte den vollgekritzelten Zettel aus meinem Rucksack und machte mich auf den Heimweg. Mit gutem Gefühl und Erleichterung ging ich über die Straße.

Da entdeckte ich schon wieder den Porsche von heute Morgen. Langsam kam es mir komisch vor. Wer war das? Was wollte er von mir? Mein Herz begann, schneller zu schlagen, und mich erfasste ein ungutes Gefühl. Ich ließ mir nichts anmerken und ging weiter.

Das Auto verfolgte mich fast den ganzen Heimweg. Schnell lief ich hinüber zum Park und wartete dort ein wenig. Nach einer Weile verließ ich ihn wieder und machte mich, so schnell es ging, auf den Heimweg.

Zu Hause angekommen zog ich wie ein Blitz die Schuhe aus und rannte in die Küche. Meine Schwester wartete schon mit dem Mittagessen. Ich erzählte ihr, was ich heute alles erlebt hatte. Als ich den Porsche erwähnte, wurde Ayana blass.

»Ach, das war sicher nur ein Zufall«, sagte sie und versuchte zu lächeln. Ich wunderte mich kurz, dachte mir aber nichts dabei.

»Du, Ayana, kannst du mir vielleicht morgen etwas Geld geben?«, fragte ich sie mit vollem Mund. Meine Schwester legte die Stäbchen zur Seite und wandte sich mir zu.

»Tut mir leid, Sarina, aber das geht nicht. Weißt du, seit Ryusakis Tod bin ich ziemlich blank. Ein paar Tage musst du dich noch gedulden, dann bekomme ich mein Gehalt und kann dir ein bisschen Geld dalassen, in Ordnung?« Ich nickte und aß genüsslich weiter.

»Aber jetzt erzähle mir doch mal mehr über deinen neuen Freund. Wie war noch gleich sein Name? Koeji?«

Ich schüttelte den Kopf.

»Nicht Koeji, sondern Kenji«, sagte ich.

Sie lächelte, und ich erzählte ihr, dass er gern Fußball spiele, sein Vater Privatdetektiv sei und er hier in der Nachbarschaft wohne.

»Ach ja, und morgen wollen wir uns im Park treffen und gemeinsam zur Schule laufen. Ist das nicht toll?«

Ayana nickte.

»Das ist schön, Sarina. Vielleicht stellst du ihn mir mal vor?«

Ich wurde etwas rot im Gesicht. »Das ist noch viiieeel zu früh, Schwesterchen.«

Wir lachten beide und aßen unser Ramen auf. Ramen war eine Art Suppe mit Fleischbeilage, Ei, Gemüse und Tradition in der japanischen Küche. Danach räumte sie den Tisch ab, während ich die Treppe hinaufschlenderte, um mich frisch zu machen. Ich klatschte mir eiskaltes Wasser ins Gesicht und schaute mich im Spiegel an.

Da hörte ich es an der Tür klingeln.

Nanu? Wer kann das sein?, dachte ich. Kurz darauf rief meine Schwester nach oben.

»Sag mal, Sarina, erwartest du noch jemanden?«

Ich zupfte meine rotbraunen Haare zurecht.

»Nein, Schwesterherz, nicht dass ich wüsste.« Es klingelte noch einmal. Ich drehte das Wasser ab, schnappte ein Handtuch und trocknete mein Gesicht ab. Neugierig schlich ich aus dem Bad und ging zur Treppe.

Ich sah, wie Ayana die Tür öffnete. Ich erstarrte. Zwei Männer in schwarzen Anzügen standen davor. Der eine war etwas korpulent und hatte eine Sonnenbrille auf der Nase. Der andere war dünn, etwas größer und hatte langes, blondes Haar. Der dünne Mann grinste und starrte Ayana an.

»So so, hierher hat es dich also verschlagen. Interessant. Nicht gerade luxuriös, aber immerhin ein Dach über dem Kopf.«

Ayana wich einen Schritt zurück.

»Willst du uns nicht hereinbitten?« Er lachte böse und rückte seine Sonnenbrille zurecht.

»Was wollt ihr hier? Verschwindet! Sonst hol ich die Polizei.«

Die Männer lachten.

Ayana versuchte, die Tür zuzuschlagen. Doch einer der Männer stellte seinen Fuß in den Türspalt.

»Na, na, na, was ist denn das für ein netter Empfang.« Der Korpulente stieß die Tür auf, und beide drängten sich in die Wohnung. Mir lief es eiskalt den Rücken hinunter. Mein Herz raste, und mir wurde ganz elend. Ayana schrie die Männer an.

»Lasst mich in Ruhe, ich habe kein Geld! Seit Ryusaki bei einem Autounfall umgekommen ist, muss ich jeden Yen zweimal umdrehen, also verschwindet endlich.«

Der korpulente Typ schüttelte den Kopf und grinste.

»Jaa ... traurige Geschichte, was mit deinem Mann passiert ist. Dennoch ändert es nichts daran, dass du Schulden bei unserem Boss hast. Viele Schulden. Und jetzt wirst du zahlen.« Er nickte seinem Kollegen zu.

Der schlaksige Mann griff in die Innentasche des Mantels. Er holte einen Revolver heraus und hielt ihn Ayana an den Kopf.

Das war zu viel für mich. Ich konnte nicht anders und schrie auf. Der schlaksige, schwarzgekleidete Mann drehte sich mit dem Revolver in der Hand um und zielte auf mich. Zitternd und voller Angst rannte ich ins Bad zurück. Mein Herz raste, und ich bekam kaum Luft.

O Gott, Ayana, was ... Ich muss zu Kenji, und zwar jetzt. Hektisch riss ich das Fenster auf und versuchte hinauszuklettern. Ich hörte, wie einer der beiden Männer hinaufrannte. Es hörte sich an, als ob eine Herde Elefanten durch die Wohnung trampelte. Ich schluckte und nahm all meinen Mut zusammen und sprang. Unsanft landete ich auf dem harten Asphalt und schnappte nach Luft. Bei dem Sturz schlug ich mir die Knie auf und schabte mir die Haut von den Händen. Es blutete, doch ich hatte so verdammt viel Schiss, dass ich den Schmerz gar nicht bemerkte. Ich sprang auf und rannte los. Panisch bog ich in eine Gasse ein und hielt Ausschau nach einem Schild.

Und dann endlich hatte ich das olivgrüne Haus von Kenji gefunden. *Detektei Yashimoto* stand darauf. Erleichtert klingelte ich Sturm.

Los, komm schon, mach auf. Mach endlich die verdammte Tür auf, dachte ich. Nach einer gefühlten Ewigkeit öffnete er endlich.

»Oh, Gott sei Dank, Kenji, schnell, du musst mir helfen. Meine Schwester ... Da ... da sind zwei Männer in Schwarz ... mit einer Waffe ... Sie bedrohen Ayana. Wir müssen ...«

»Halt, stopp!« Kenji unterbrach mich. »Jetzt beruhige dich mal und komm rein.« Er zog mich herein und führte mich in die Küche.

Er holte seinen Vater und brachte mir einen heißen Tee. Völlig außer Atem versuchte ich, den beiden zu erklären, was passiert war.

»Herr Yashimoto, wir müssen die Polizei rufen, und zwar jetzt! Bitte, die bringen meine Schwester sonst noch um.«

Herr Yashimoto nickte und zückte sein Handy. Dann verließ er die Küche. Ich nahm einen Schluck Tee und wurde immer unruhiger.

Kurze Zeit später kam Herr Yashimoto zurück. Doch er war nicht allein. Im Schlepptau die beiden Männer in Schwarz. Sie sahen mich an und grinsten.

Ich sprang auf und warf dabei meinen Tee um. Blitzschnell packte Kenji meinen Arm und zog mich zurück auf den Stuhl.

»Hiergeblieben! Dich brauchen wir noch.«

Neeein!! Ich sackte auf meinem Stuhl zusammen.

Ramona Astner

Spanischer Sommernachtstraum

Schöne Scheiße! Ich saß auf dem Klodeckel und wartete.
Warum hat sie mich nicht einfach mit Alea nach Neuseeland gelassen, dann wäre das nicht passiert.
Ich wusste nicht genau, auf wen ich wütender sein sollte – auf mich oder auf meine Mutter.
Hätte ich doch nur besser aufgepasst.
Doch dann musste ich zurückdenken. An den Urlaub in Spanien, die Cocktailbar, die Beachparty. Und natürlich an ihn.
Hach, er war so süß zu mir und sein Körper ... grr ... zum Anbeißen.
Ich biss mir zärtlich auf die Lippen und hatte wieder dieses Flattern im Bauch. Es fühlte sich an, als würden viele Schmetterlinge wie wild in mir durcheinander fliegen. Es war genauso wie an dem Tag, als ich ihn mit seinem Surfbrett am Strand getroffen hatte.

Es war sehr heiß. Lio und Mum verausgabten sich im Sand und ich, ja, ich saß total gelangweilt daneben und schaute mir die Jungs an, die an mir vorbeigingen. Das war seit Kurzem mein Hobby für langweilige Tage.
Hmm. Zu groß. Zu dünn. Wow, geiler Hintern, aber viel zu blass. Uii, der hat wohl etwas zu viele Steroide zu sich genommen, allerdings macht das sein Gesicht auch nicht schöner. »O Mann, ist das öde.«

Ich seufzte und schaute wieder zu Mum und Lio. Mein Bruder hatte sichtlich Spaß daran, unsere Mutter im Sand zu vergraben, und wie kleine Brüder so sind, wollte er mich natürlich auch daran teilhaben lassen.

»Hey, Neela, schau mal. Mum ist im Sand versunken. Haha. Neeeelllaaaa! Halllooo? Jetzt guck doch mal.« Er spritzte mir ein wenig Sand entgegen. Ich rollte mit den Augen und setzte ein künstliches Lächeln auf, damit Lio zufrieden war. Danach drehte ich mich wieder genervt zur Seite, und plötzlich sah ich ihn. Meinen ganz persönlichen Traummann.

Woah! Ich glaub, mein Schwein pfeift. Was für ein Kerl!

Er hatte gestylte dunkle Haare, eine gesunde Bräune und einen durchtrainierten Oberkörper. Ein schwarzes Skorpion-Tattoo zierte seine Brust. Er ging Richtung Meer, strich sich durch die Haare und klemmte sich ein Surfbrett unter die Achseln. Ich beobachtete ihn wie ein Adler, der gerade dabei war, seine Beute zu fangen.

Wow, der hat es ja voll drauf.

Ich war hin und weg. Nach kurzer Zeit kam er aus dem Wasser und näherte sich mir. Mein Herz raste, und ich fühlte, wie das Blut in mir brodelte. Als er dann auch noch dicht an mir vorbeiging und mir zuzwinkerte, war es um mich geschehen.

Was? Meint der etwa mich?

Ich schwebte auf Wolke sieben und vergaß alles um mich herum. In meinem Kopf spielten sich bizarre Szenen ab.

Ich muss ihn unbedingt kennenlernen, egal wie, ich muss einfach!

Ich schnellte hoch.

»Neela, Schatz, was ist los? Hat dich ein Krebs gezwickt, oder warum stehst du plötzlich wie eine aufgescheuchte Katze auf?«

»Ich, ähh … ich will mir nur mal kurz die Surfschule da drüben anschauen.«

Entgeistert starrte mich meine Mutter an, dann eilte ich ihm hinterher. An der Surfschule angekommen, wollte ich seine Aufmerksamkeit erregen, also lieh ich mir ein Surfbrett aus und ging elegant, aber gleichzeitig ein wenig angespannt dicht an ihm vorbei. Ich versuchte, meinen Körper in Szene zu setzen, genauso wie es die Models im Fernsehen immer taten, und siehe da, es klappte. Er sprach mich an.

»Hola, Chica. Ziemlich heiß heute, nicht wahr? Hast du Lust auf 'ne kleine Abkühlung? Wir könnten ja ein wenig um die Wette surfen. Was meinst du?«

Meine Augen leuchteten.

Super, es klappt, dachte ich und nickte.

»Übrigens, mein Name ist Juan. Und wie heißt du, reizende junge Dame?«

»Mein Name ist Neela. Freut mich, dich kennenzulernen, Juan.«

Ich war so aufgeregt und neugierig zugleich. Wir gingen zurück zum Meer, und erst dann wurde mir bewusst, dass ich ja gar nicht surfen konnte. Wie peinlich war das denn?

Okay. Nur die Ruhe bewahren. Irgendwie wird's schon klappen. Nach anfänglichen Schwierigkeiten und mit seiner Hilfe war es gar nicht so schwer.

»Na siehst du, das klappt doch schon ganz gut.«

Wir lächelten uns an, und beim Anblick seiner haselnussbraunen Augen schmolz ich förmlich dahin. Es war der schönste Tag, seit wir hier in Spanien waren. Von nun an trafen wir uns jeden Tag an der Surfschule. Meine Mutter durfte davon allerdings nichts wissen, also sagte ich einfach, ich wolle surfen lernen, und verschwand. Sie würde mir den Kopf abreißen. Meine Mutter war der Ansicht, dass man mit sechzehn noch viel zu jung und unreif für eine Beziehung sei. Und wie oft sagte sie mir, dass Typen wie Juan immer nur das Eine wollen. Aber ihre Meinung war mir egal. Das erste Mal in meinem Leben war ich so richtig verknallt und malte mir das ganz große Glück aus. Wir kamen uns mit jedem Tag näher, und dann passierte es. Ein paar Tage vor unserer Heimreise lud er mich endlich zu einer Beachparty in der Cocktailbar »Sex on the Beach« ein, in der er fast jeden Abend bis in die Nacht arbeitete. Also schlich ich spätabends heimlich aus dem Apartment und ging hinüber zur Strandbar. Ich war mega aufgeregt und hoffte, dass mir nichts Peinliches passieren würde. Ich wartete an einem Stehtisch und biss mir nervös auf die Lippen. Jede Minute fühlte sich in diesem Augenblick wie eine halbe Ewigkeit an. Und dann war es soweit. Juan kam um die Ecke und lächelte mich an.

»Hola, Neela, du siehst toll aus.« Ich lächelte zurück und fühlte mich so gut.

»Danke, Juan, du siehst auch gut aus.«

Er reichte mir die Hand und führte mich zum Tresen.

»Lust auf einen Cocktail speciale à la Juan Don Carlos?«

Ich wurde rot und nickte. Er ging hinter den Tresen, begrüßte seinen Arbeitskollegen und mixte uns einen fruchtig-süßen Cocktail mit einem Schuss Alkohol.

»Hier, bitte sehr, die Dame.« Wir sahen uns tief in die Augen und stießen an. »Auf uns.« Danach unterhielten wir uns, aßen ein paar Früchte und tanzten ausgelassen zur Musik.

»Puh, mir ... mir ist so heiß. Können wir 'ne kurze Pause einlegen?« Juan lächelte und nickte.

»Klar, los, komm mit, wir suchen uns ein stilles Örtchen.« Er nahm sanft meine Hand und führte mich zum Strand. Neben ein paar Strandkörben ließen wir uns nieder. Seine Hand streichelte zärtlich über mein Gesicht. Dann umfasste er meinen Nacken, zog mich langsam zu sich und küsste mich. Seine Lippen schmeckten süßlich. Mein Herz schlug mir bis zum Hals. Er zog sein T-Shirt aus und beugte sich über mich.

»Weißt du eigentlich, wie wunderschön du bist, Neela?«, flüsterte er. Ich lächelte und genoss die Streicheleinheiten sehr.

»Und weißt du, Juan, dass du mich ganz wuschig machst?« Er streichelte mir sanft über die Brüste. Ich erschauerte. Er beugte sich noch weiter über mich, während seine Hand unter mein Top glitt. Langsam zog er es aus, berührte meine Brustwarzen und küsste sanft meinen Körper. Ich konnte deutlich spüren, wie sich sein bestes Stück an mich drückte. Es reizte mich. Ich wollte mehr. Ohne groß nachzudenken schaute ich ihm tief in die Augen und nickte. »Lass es uns tun, Juan.«

Er lächelte, zog erst seine Shorts aus und dann meine. Langsam und vorsichtig drang er in mich ein. Es tat kaum weh. Im Gegenteil, es machte richtig Spaß. Schnell kamen wir so richtig in Fahrt. Nach einiger Zeit erreichten wir unseren Höhepunkt. Ich wollte schreien, unterdrückte es jedoch. Ein warmes Beben durchströmte meinen Körper, und für einen Moment fühlte es sich so an, als könnte ich fliegen. Ein wunderbares Gefühl. Völlig außer Atem und total verschwitzt lag er auf mir, ich konnte seinen schnellen Herzschlag spüren. Ich blickte ihm tief in die Augen.

»Oh, Juan, das war wunderschön. Du bist einfach toll! Weißt du, ich glaube ... ich hab mich in dich verliebt.« Daraufhin antwortete er mit einem langen und sehr intensiven Kuss.

Als wir uns einigermaßen wieder gefangen hatten, gingen wir nackt baden. Danach ließen wir uns Arm in Arm nieder, und ich schlief zufrieden ein.

Seit dieser wunderschönen Nacht habe ich nichts mehr von Juan gehört.

Nun war der letzte Tag der Ferien angebrochen, und statt draußen die Sonne zu genießen, saß ich hier auf dem Klodeckel und wartete. Die drei Minuten waren längst vorbei, dennoch hatte ich verdammt viel Schiss. Also wartete ich zur Sicherheit noch einige Minuten länger. Tausend Gedanken schossen mir durch den Kopf.

Was mache ich nur, wenn er positiv ist? Wie soll es dann weitergehen?

Da klopfte es an die Tür.

»Neela! Sag mal, bist du da festgewachsen? Komm endlich raus, andere müssen auch mal für kleine Mädchen.«

Okay, jetzt oder nie.

Ich schluckte. Mit zittrigen Händen griff ich nach dem Test und drehte ihn schließlich um.

Zwei Striche. Okay, und was genau heißt das jetzt?

Hastig kramte ich den Beipackzettel hervor und verglich es. Mich traf fast der Schlag.

»Ach, du heilige Scheiße! Ich hab's geahnt.« Fassungslos starrte ich den Test an. Ich verdeckte ihn noch einmal mit den Händen und wartete noch ein paar Sekunden. Dann schaute ich erneut auf das Ergebnis. Doch es blieb gleich.

»Neeiinn! Waarrruuummm?« Tränen kullerten mir über die Wangen. Da klopfte es noch einmal.

»Neela, ist alles in Ordnung bei dir? Was ist denn da drin los? Schatz? Neela, bitte mach sofort die Tür auf!«

Ich schob den Riegel zur Seite und öffnete die Tür. Ich hielt ihr den Teststreifen vor die Nase.

»Hier Mum, schau! Das hast du jetzt davon! Hättest du mich doch bloß mit Alea nach Neuseeland gehen lassen, aber nein, stattdessen musste ich ja unbedingt mit nach Spanien kommen. Hier, den kannst du behalten, ich muss jetzt an die frische Luft.«

Ich gab ihr den Test und stapfte wütend davon.

Tom H. Eschen

Zehn Cent für ein Leben

Charlie Pitts hatte so einiges auf dem Kerbholz: Diebstahl, Raub, Totschlag, Mord. Alles, was im Laufe eines Lebens zusammenkam, wenn man hasserfüllt war und nichts gelernt hatte. Nichts außer Kämpfen und Töten.

Mit knapp sechzehn Jahren Waise geworden, hatte er sich freiwillig bei der Armee der Konföderierten gemeldet und war Soldat geworden.

Verbissen kämpfte er auf Seiten der Sezession. Als der Krieg verloren war, zog er in den Westen und schloss sich einigen Gesetzlosen an, ehemaligen Reitern Quantrills. Sie führten den Krieg auf ihre Art fort, raubten und brandschatzten sich durch einige Bundesstaaten, bis sie von der Armee gestellt und getötet oder gefangen genommen wurden. Die wenigen Überlebenden wurden zum Tod durch den Strang verurteilt. Jeder sollte in seinem Heimatstaat gehängt werden, zur Abschreckung der immer noch rebellischen Bevölkerung. Daher brachte ihn jetzt US-Marshall Zebulon Baker auf den nächstgelegenen Bahnhof, zur Überführung nach Topeka.

Mit Hand- und Fußketten gefesselt, die seine Haut aufgescheuert hatten, ritt Charlie Pitts auf einem alten Gaul. Dessen Zügel führte der vorausreitende, im Dienst ergraute Marshall. Hinter ihm ritten noch zwei junge Deputies. Keine Chance also, seinem Schicksal zu entkommen.

Trotz der frühen Stunde brannte die Sonne bereits erbarmungslos herab.

Sein einziges Hab und Gut, außer den zerrissenen Kleidern an seinem Leib, war ein Zehn-Cent-Stück, das er gedankenverloren im Mund mit der Zunge hin und her rollte. Der Dime schmeckte metallisch und nach Salz und zog ihm den Speichel im Mund zusammen. Wie sollte er mit einem Dime entkommen? Vielleicht die Wächter bestechen? Dafür hätte selbst ein Double-Eagle nicht gereicht.

Als sie an den Gleisen vorbeikamen, die noch einige Meilen weiter zum Bahnhof führten, spuckte er verächtlich die Zehn-Cent-Münze aus dem Mundwinkel auf den Boden. Sollte ein anderer armer Teufel sie dort finden und aufheben, wenn er wollte. Er benötigte sie nicht mehr.

Unbeachtet fiel die Münze auf die Schienen und rutschte in die Weiche.

Der Bahnhof war nicht mehr als ein hölzerner Schuppen mit einer Rampe zum Aufladen von Vieh. Verstreut auf dem Boden lag haufenweise Kuhdung und füllte die Luft mit Schwaden üblen Geruchs. Etwas abseits hielt Zeb Baker seine Gruppe an und ließ von den beiden Deputies die Pferde absatteln und zur Tränke hinter dem Schuppen bringen.

Zeb Baker musterte Charlie Pitts. Mit einer selbstgedrehten Zigarette im Mundwinkel begann er ein Gespräch.

»Dies ist deine letzte Reise, Charlie. Bereust du es jetzt nicht, den falschen Weg, den der Sklavenhalter und Banditen, gewählt zu haben?«

»Den habe nicht ich gewählt. Meine Familie hatte nie Sklaven. Dennoch habt ihr verfluchten Yankees meine Eltern am White Oak Creek umgebracht!«

Bei der Erinnerung daran schaute Charlie den Marshall feindselig und verbittert an. Zeb Baker erbleichte. Für Charlie Pitts ein untrügliches Zeichen, dass er dieses Gefecht, eigentlich ein Massaker an Zivilisten, kannte.

War Zeb Baker vielleicht dabei gewesen?, ging es Charlie durch den Kopf. *Alt genug könnte er sein.*

»Ich musste alles mit ansehen! Damals beschloss ich, möglichst viele von euch verdammten Nordstaatlern zu töten. Dies wurde der einzige Sinn meines Lebens!« Pitts spuckte heftig atmend in den Staub und beachtete Zeb Baker nicht weiter. Dieser schaute gleichfalls in die Ferne. Eine bleierne, langanhaltende Stille entstand zwischen den beiden Männern.

Nach einiger Wartezeit fuhr der wöchentliche Personenzug der Union-Pacific von Denver nach Topeka ein. Die Viehwagen waren fast leer, nur ein Dutzend gesattelte Pferde standen darin, an der seitlichen Bretterwand festgebunden. Der Personenwagen war gut gefüllt mit Passagieren, zumeist Männern. Hinter der Lokomotive befand sich noch ein von zwei Bewaffneten bewachter Güterwagen. Mit ihnen unterhielt sich der Marshall kurz, während die beiden Deputies Charlie Pitts mit den Fußketten an einem Sitz festmachten. Beim Hineingehen hatte Charlie Pitts seinen Blick über die Insassen des Waggons schweifen lassen. Die wenigen Frauen und die meisten Männer wichen seinem Blick aus. Doch einer hielt dem Blick stand, zwinkerte ihm sogar kurz zu: Cole Younger!

Einige der Männer wirkten ihm vertraut, trotz der tief ins Gesicht gezogenen Hüte.

Stellten sie sich nur schlafend? War die ganze »Familie«, wie sie ihre Bande seit Kindheitstagen nannten, hier? Wie hatten sie von seinem Transport erfahren?

Diese Gedanken wirbelten durch seinen Kopf, dann musste Charlie Pitts sich setzen, und auch seine Handfesseln wurden am Sitz befestigt. Er schaute – sich gelangweilt gebend – aus dem Fenster in die endlose Weite der Prärie. Doch in seinem Gehirn überschlugen sich die Gedanken. Gab es doch noch Hoffnung für ihn?

Nachdem der Lokführer Wasser und Kohlen aufgenommen hatte, setzte sich der Zug langsam, mit ratternden Rädern, in Bewegung. Er steigerte seine Geschwindigkeit, erreichte die Weiche, die nicht richtig geschlossen war. Das erste Rad der rechten Seite sprang aus der Schienenführung und schliff funkensprühend neben den Gleisen dahin.

Ein Ruck ging durch den Zug. Gepäckstapel stürzten von den Gepäckseilen herab auf die Menschen. Einige der Schlafenden fielen von den Sitzen. Der Lokführer zog fluchend die Bremse, wodurch weitere Räder aus der Schienenführung sprangen und der Zug noch stärker durchgerüttelt wurde. Bockend sprangen die Waggons auf und ab. Frauen kreischten, und Männer schrien überrascht.

Dann plötzliche Stille. Der Zug stand leicht geneigt neben den Gleisen.

Ein Schuss peitschte durch den Waggon und durchbrach die Stille. Der Marshall, der Charlie Pitts gegenübergesessen hatte, brach – in den Kopf getroffen – lautlos zusammen.

Dann folgten Schüsse aus verschiedenen Revolvern. Auch die Deputies und die beiden Wachmänner starben im Kugelhagel.

Die Frauen kreischten wieder, und Schmerzensschreie Getroffener hallten durch den Wagen. Mehrere Männer hasteten vor zum Güterwagen, andere nach hinten zum Viehwagen. Angesichts der gezückten Revolver und der Toten wagte keiner der anderen Passagiere sich zu rühren.

Charlie angelte sich die Schlüssel aus der Westentasche des toten Marshalls und öffnete schnell seine Fesseln. Cole Younger kam auf ihn zu und umarmte ihn freudig, wie einst in Kindertagen. »Welch glückliche Fügung!«

Dann erschütterte eine Explosion den Zug. Charlie Pitts wusste, was dies bedeutete: Mit geübten Handgriffen war der fest im Güterwagen verankerte Tresor aufgesprengt worden. Kurz darauf kamen Jim Younger und Jesse James mit Geldsäcken beladen in den Waggon, und Jesse gab das Zeichen zum Rückzug.

Cole Younger klopfte Charlie Pitts auf die Schulter.

»Komm mit, Bruder, für dich haben wir auch ein Pferd!«

Nachwort:

Die oben geschilderte Szene ist frei erfunden. Charlie Pitts hingegen, dessen richtiger Name Samuel Wells war, ist eine historisch belegte Person, geboren 1844 oder 1848 in Missouri. Seine Familie geriet in die Streitigkeiten über die Zugehörigkeit Missouris zur Union oder Sezession.

Nach Ende des Krieges schloss er sich der James-Younger-Gang an und nahm an zahlreichen Eisenbahn- und Banküberfällen teil.

Die Younger-Brüder waren frühere Nachbarn und Spielgefährten seiner Kindheit.

Charlie Pitts starb am 21. September 1876, von fünf Kugeln getroffen, mit dem Revolver in der Hand, als die James-Younger-Bande wenige Tage nach einem Banküberfall in Northfield, Minnesota gestellt wurde.

Tom H. Eschen

Eine himmlische Familie

»Du kannst mir einen blasen!«

Er brabbelte, rülpsend und würgend, über mich hinweg. Er war mindestens zwei Meter groß und wog bestimmt drei Zentner – nur Fett und grobe Knochen.

Wütend stemmte ich meine Arme in die Hüften, schaute von seinem Hosenladen, der in meiner Augenhöhe war, auf zu seinem bärtigen, zerfurchten Gesicht und sprach, so streng ich konnte.

»Ich bin hier, um dich abzuholen, nicht um deine dreckigen Wünsche zu erfüllen! Du hast deine Familie vernachlässigt und dich zu Tode gesoffen. Mein lausiger Job ist es, deine Kloake von Seele in den Limbus zu befördern!«

Meine Stimme klang leider heiser und schrill, also in keiner Weise Respekt einflößend.

Er erbrach stinkenden Schleim über mich und blickte so dumm aus seiner verdreckten Wäsche, wie es nur ein Mann konnte. Zum Glück glitt alles von meinem neuen dunklen Kapuzenmantel – der bereitgestellten Arbeitskleidung – ab.

Unbeholfen fingerte er am Reißverschluss seiner Hose herum. Der hatte wohl gar keine Achtung vor Amtspersonen!

Kurz entschlossen nahm ich meine Sense, hakte sie in seine Kniekehlen ein, drehte mich um und zog seine feinstoffliche Seele hinter mir her. Seine körperlichen Überreste blieben auf dem schmutzigen Boden des Tatorts, einer Eckkneipe, liegen.

Die dort anwesenden Personen, weitere versoffene Ehemänner, hatten nichts von unserem Gespräch mitbekommen. Seine Seele war mit seinem Ableben in eine andere Existenzebene gewechselt, derjenigen, in der ich als neu eingestellter Hilfstod die Seelen einsammeln und zum großen Boss, dem TOD, bringen sollte.

Ein Scheißjob, wie ich jetzt, bei meinem ersten Auftrag, erkannte; obwohl ich als Klofrau einiges erlebt hatte.

Warum nur hatte ich meine Klappe nicht halten können, als im Elysium der Aufruf nach richtig harten Männern für einen abwechslungsreichen Job ausgesungen worden war?

Natürlich hatten die Engelsboten über mich hinweggeschaut, und ich musste mich winkend und hüpfend bemerkbar machen. Mit den Worten »Hier, ich kann das!« meldete ich mich.

Der herablassende Blick dieser himmlischen Warmduscher reizte mich nur noch mehr. Ich riss dem neben mir stehenden Gottesboten die Stellenanzeige aus der Hand und drückte auf den aufgedruckten Bewerben-Button.

Ein Blitz blendete mich und schon stand ich mit echt üblen Gestalten – Rockern, Zuhältern, Finanzbeamten, Rechtsextremisten und Fußballfans – in einer Warteschlange. Einer nach dem anderen trat durch eine Schleuse, hatte plötzlich eine Sense in der Hand und trug einen schwarzen Kapuzenmantel. Mit dem nächsten Schritt verschwand jeder durch eine Tür. Auf – zu – weg!

Gleiches widerfuhr mir: die Schleuse, die Sense, der Kapuzenmantel und die aufblitzende Tür. Dann stand ich vor einem Nummernautomaten und zog die 1313 – mein erster Auftrag. Das Bild eines ranzigen Säufers in einer heruntergekommenen Kneipe entstand in meinem Hirn. Dank göttlicher Eingebung wusste ich sofort, was ich zu tun hatte, und stand dann auch schon vor dem Typen.

So viel zu meiner Vorgeschichte. In Gedanken zu sehr mit der jüngsten Vergangenheit beschäftigt, registrierte ich nicht, dass die Tür vor mir geschlossen blieb, und rannte dagegen.

»Autsch«, riefen die Tür und ich gleichzeitig.

»Pass doch auf, du Tölpel«, schrie die Tür.

»Geh doch auf, du dummes Stück Holz!«

»Du musst die Nummernkarte in den Schlitz stecken, damit ich erkenne, in welchen Bereich du willst«, sagte die Tür in belehrendem Tonfall.

Verwirrt schaute ich hoch. Tatsächlich, dort oben war ein vertikaler Schlitz in der Tür, gerade passend für die Karte. Hinter mir brach der Seelenkadaver in Gelächter aus.

»Kleine, diese Nummer ist zu groß für dich!«

»Halt dein Maul!«, rief ich nach hinten und zog ihm meine Sense über die unförmige Rübe.

Dann streckte ich meinen rechten Arm mit der Nummernkarte nach oben und erreichte gerade so den Schlitz. Die Karte verschwand, und ich ging, samt rülpsendem Anhang, durch die Tür.

Dort wartete eine Pendelwaage auf uns. Elegant aus dem Handgelenk arbeitend, schubste ich die Seele auf die eine Schale der Waage. Aus der Luft schwebte eine kleine weiße Feder herab und landete auf der anderen Schale.

Schwups. Die Feder wurde wieder nach oben geschleudert, und die Seele fiel mit einem grauenvollen, lang anhaltenden Schrei hinab in die Tiefen der Hölle.

»Arrivederci, bello!«, rief ich ausgelassen hinterher.

Damit war mein erster Auftrag erledigt, und ich stand zögerlich herum. War jetzt Feierabend, oder musste ich irgendwo die nächste Nummer ziehen?

Ich dachte erwartungsvoll an eine sich öffnende Tür.

Ein heller Blitz erschien aus dem Nichts, und ich stand unvermittelt vor einem mit Papieren, Büchern und Pergamenten überhäuften Schreibtisch. Dahinter saß er, der Boss, der große TOD!

Er wälzte Papiere und schrieb mit einer langen Feder in ein riesiges Buch, das aufgeschlagen vor ihm lag.

Ihm?

Ein Hauch von Parfüm lag in der Luft. Ein Gesicht konnte ich unter der Kapuze nicht erkennen. Auch die schreibende Hand war nur schemenhaft sichtbar, aber schlank und mit langen grazilen Fingern. Der Körper war in einen weiten, dunklen Mantel gehüllt. Doch klein wie ich war, konnte ich problemlos unter den Schreibtisch schauen. Die Beine waren zwar auch unter dem Mantel verborgen, doch die Füße, genauer die Schuhe, waren zu sehen. Es waren eindeutig Frauenschuhe: rote Slingpumps mit mörderischen Stiletto-Absätzen aus glänzendem Metall.

Also, wenn der TOD nicht ein aus der US-Army geflogener Transgender war, dann saß hier eine Frau!

Eine dunkle und tiefe, aber durchaus erotisch und weiblich klingende Stimme ertönte und bestätigte meine Vermutung.

»Richtig! Im Zuge der Allumfassenden Gleichberechtigung nichtlebender Wesen, elfter Zusatz zu den Zehn Geboten, aus dem Jahre 2013, ist auch die Funktion des Todes gleichberechtigt aufgeteilt worden. Leider hat sich diese Parität nicht in die operativen Ränge fortgesetzt. Du bist bis jetzt der einzige weibliche kleine Tod in der gesamten Welt. Daher bist du die letzte Rettung für eine Aufgabe, an der alle männlichen Kollegen kläglich gescheitert sind.«

Das hörte sich ja spannend an. Ich dachte an einen bequemen Sessel und ließ mich vertrauensvoll nach hinten fallen.

Tatsächlich landete ich sanft in dem gewünschten Möbel und streckte meine kurzen Beine aus. Vielleicht passte dieser Job doch zu mir?

Ich dachte intensiv an meine Traumschuhe. Ein kleiner Lichtblitz, und ich hatte sie an: schwarze Plateaustiefeletten mit silbernen Nieten und Nägeln verziert und korkenenzieherartig geformten Metallabsätzen. Damit wurde ich umgehend zwanzig Zentimeter größer. Jetzt sollten Kartenschlitze kein Problem mehr sein.

»Scharfe Schuhe!«, erklang der Kommentar in meinem Kopf.

»Passen zu mir. Jetzt erzähl«, sagte ich und schaute gespannt zum großen TOD auf.

»Es ist ein sehr delikater und brisanter Auftrag. Er erfordert viel Fingerspitzengefühl und diplomatisches Geschick.«

»Diplomatie ist mein zweiter Vorname«, sagte ich nassforsch.

»Du musst dabei vielleicht Gott oder dem Teufel auf die Füße treten.«

»Wenn sie groß genug sind – die Füße –, mach ich das.« Intensiv bewunderte ich dabei meine neuen Schuhe. Die sollten selbst für Gottes Füße genügen!

»Oder sterbe ich dann noch mal?«, erwiderte ich übermütig.

»Nein, nur ein Mensch kann zweimal sterben. Darum geht es ja. Luzifer hat zum wiederholten Male den Antrag gestellt, dass Isa – Gottes Tochter – lange genug gelebt habe und sterben sollte.«

»Tochter?«, fragte ich überrascht.

War Jesus also doch eine Transvestitin, eine Frau in Männerkleidern? Im Kopf sah ich das eindeutig weibliche Christkindl des Nürnberger Weihnachtsmarkts und dann einen abgefahrenen Porno, in dem es der weibliche Jesus mit all seinen Jüngern und auch einigen Jüngerinnen trieb.

»Autsch!« Ich fuhr aus meinem Kopfkino hoch. Der TOD hatte mir einen schmerzhaften Tadel verpasst.

»Gottes Sohn Jesus war gestorben, wurde von meinem männlichen Kollegen abgeholt und wie zwischen Gott und Teufel vereinbart in die Hölle verbracht. Doch nach drei Tagen ist er wieder aufgefahren in die Welt der Lebenden, und zwar als Frau. Sie nennt sich Isa und lebt seit zweitausend Jahren auf dieser Welt. Der Teufel versucht andauernd, ihrer Seele wieder habhaft zu werden, doch bisher ist sie ihm immer entwischt. Jetzt versucht er wieder, uns einzuspannen, um ihre Seele doch noch zu bekommen. Mein männlicher Kollege mit seinen männlichen Hilfstoden hat mehrmals jämmerlich versagt!«

»Müssen wir denn seinen Auftrag annehmen?«, fragte ich verwirrt.

»Laut dreizehntem Zusatz zu den Zehn Geboten sind Gott und der Teufel ermächtigt, das Ende der begrenzten Lebensspanne jedes Wesens festzustellen und seine Abholung zu beantragen!«

Diese Information war zwar interessant, machte für mich aber den ganzen Fall noch verwirrender. War Jesus – oder Isa – denn nicht göttlich und somit unsterblich?

»Laut den Zehn Geboten gibt es nur einen Gott, und du sollst keine anderen neben ihm haben! Daraus folgt, dass nur Gott selbst göttlich und somit unsterblich, allwissend, unfehlbar und so weiter ist!«

»Dann ist also selbst der Teufel sterblich«, stellte ich laut denkend fest. »Wie lange ist der denn schon im Amt?« In meinem Gehirn formte sich eine vage Idee.

»Knapp fünftausend Jahre. Seine Verbannung erfolgte, kurz nachdem er selbst durch eine Intrige die Verbannung von Adam und Eva aus dem Paradies verursacht hatte. Er war bis dahin als Berater zur Rechten Gottes tätig.«

»Wer wurde denn sein Nachfolger?«, fragte ich neugierig.

»Noch niemand. Die Stelle ist ausgeschrieben, aber nicht vergeben.«

»Kann ich mal die Stellenausschreibung sehen?«, fragte ich nach. Mit einem Lufthauch erschien das gewünschte Papier in meiner Hand.

Ich überflog es und fand schnell die gewünschte Information: Der Arbeitsort war der Siebte Himmel, unser Ablieferungsort für alle christlichen Heiligen, Seligen und sonst wie ohne Fehl und Tadel – also wahrscheinlich an Langeweile – Gestorbenen. Unten war der bekannte Bewerben-Button.

Aus meiner Idee formte sich ein klarer Plan.

»Dann brauche ich noch ein Blanko-Abholformular«, sagte ich zum großen TOD.

Auch dies erschien in meiner Hand. Ich erfasste das Ziel, den Wohnort von Isa, und mit einem Blitz war ich dort.

Eine friedliche, ländliche Idylle umgab mich. Der Himmel war wolkenlos. Vöglein zwitscherten, und rund um mich standen Obstbäume voll erntereifer Früchte. Nicht weit weg von mir stand an einem der Bäume eine Leiter, auf der ein Mensch zugange war. Ich trat neugierig näher und schaute nach oben. Am oberen Ende der Leiter hing ein Korb, der mit Äpfeln befüllt wurde. Der oder die Pflückerin trug derbe Arbeitsschuhe, eine Latzhose aus Jeansstoff und einen Strohhut, unter dem langes braunes Haar herabhing.

Mann oder Frau? Ich konnte es nicht erkennen und machte mich bemerkbar, indem ich einfach »Hallo« rief.

Die Person hielt inne und schaute nach unten.

»Hallo«, erwiderte sie mit eindeutig weiblicher Stimme in freundlichem Tonfall. Dann erkannte sie mich als Hilfstod und sprach weiter.

»Soll es mal wieder so weit sein? Will mich der Teufel haben?«

»Ja, er hat uns einen Auftrag gegeben. Ich möchte aber zuerst mit dir reden. Du bist nämlich mein prominentester Auftrag, als Gottes Tochter?«, sagte ich mit einem deutlich nachklingenden Fragezeichen in der Stimme.

»Ich komme herunter. Sollen wir ins Haus gehen und bei einem Glas Wein reden?«, erwiderte sie und stieg die Leiter herab. Dann führte sie mich in den Innenhof des im Stil einer römischen Villa erbauten Hauses. Nachdem sie mir einen Sitzplatz in einem Korbsessel angeboten hatte – das Ganze war von einem Schatten spendenden Baum überdacht –, schenkte sie zwei Gläser Rotwein ein.

»Dies ist nicht sein erster Versuch«, sagte sie, »aber ihn selbst und die bisher ausgesandten männlichen Hilfstode konnte ich leicht wieder loswerden. Seit wann gibt es weibliche Hilfstode?«

»Eigentlich schon seit 2013, aber ich bin die erste Frau, die diesen Job übernommen hat. Der weibliche große TOD setzt mich seitdem für alle Aufträge ein, die Männer halt nicht hinkriegen.«

»Tante Lilith hat endlich eine Helferin! Da hast du bestimmt viel zu tun?«, fragte sie mitfühlend und mit einem verschmitzten Lächeln.

»Allerdings«, stimmte ich ihr zu und fuhr fort: »Dieser Fall, wenn ich dich so bezeichnen darf, ist aber die Krönung. Gottes Tochter soll in die Hölle? Warum? Du hast doch nur Gutes getan. Ich glaube nicht, dass du nach deiner Auferstehung mordend durch die Lande gezogen bist? Deine Unsterblichkeit hingegen ist nicht legitim, sondern wohl ein Fehler des Systems!«

»Ja, das kann man so sagen. Damit habe ich dem Teufel ein Schnippchen geschlagen, das er mir immer noch nachträgt. Nach zweitausend Jahren könnte er das ja sportlich nehmen und seine Niederlage einräumen!«

Bevor ich darauf etwas erwidern konnte, erschien mit einem feuerroten Blitz und deutlichem Schwefelgeruch ein Mann, der sich unaufgefordert zu uns setzte und in unser Gespräch einmischte.

»Sportlich nehmen?«, sagte er. »Das Spiel ist erst zu Ende, wenn es aus ist und ein Sieger feststeht. Du kannst nicht in der Halbzeit aussteigen und einseitig die Regeln ändern wollen!«

Er nahm sich ungefragt mein Glas Rotwein, trank davon und fuhr dann, nach einem anerkennenden Schnalzer mit der Zunge, fort.

»Deine selbst erfundene Religion hat Millionen Menschen Unheil und Tod gebracht. Dafür gehörst du in die Hölle! Das hätte ich auch als Berater an Gottes rechter Seite gefordert!«

»Diesen Posten hast du ja durch eigenes Verschulden verloren, Onkel Luzi. Hättest du nicht Adam und Eva aus dem Paradies vertrieben, hätte ich den Menschen keine Erlösung aus dem irdischen Jammertal bieten müssen!«, giftete Isa zurück.

Um eine Eskalation zu verhindern, griff ich ein und schwenkte meine beiden Papiere.

»Hier habe ich, was ihr beide braucht. Die Ernennung zur rechten Hand Gottes und den Einzug ins Nirwana, das endgültige Erlöschen, ohne Möglichkeit auf Auferstehung oder Wiedergeburt.«

Beiden hielt ich ein Papier hin.

Luzifer griff schnell zu, und – paff – war er mit einem Blitz verschwunden.

Isa hingegen schaute mich irritiert und wütend an.

»Wie kannst du ihm diesen Job zurückgeben? Er ist dafür nicht geeignet!«

»Dann schau doch mal an, was für dich hier zurückgeblieben ist.«

Isa blickte misstrauisch, las konzentriert das in meiner Hand verbliebene Papier und brach in schallendes Gelächter aus. Nachdem sie sich beruhigt hatte, griff sie zu und verschwand in einem Blitz.

Ich saß wieder bei meinem Boss, dem weiblichen TOD, im Büro und streckte meine beschuhten Füße aus.

»Na, zufrieden?«, begann ich das Gespräch, da sie noch auf einem Blatt Papier herumkritzelte.

»Unerwartet, aber gut, deine Lösung. Der Teufel im Nirwana und Isa als Beraterin zur Rechten Gottes. Jetzt ist nur noch ein Job für dich übrig.«

Mit diesen anerkennend klingenden Worten hielt sie mir das soeben beschriebene Blatt hin. Ohne darauf zu schauen, berührte ich den Akzeptieren-Button und fand mich in der Hölle wieder.

Ich hatte die vakante Stelle des Oberteufels bekommen. Zuerst verfluchte ich diese Schlange namens Weib. Doch dann dachte ich nach. Daraus ließ sich doch was machen!

Mit wenigen Gedanken wandelte ich die Hölle aus einem heißen, dunklen, rußigen Pfuhl in eine kalte, glänzend weiß gekachelte Bedürfnisanstalt um. Jeder »Gast« bekam Putzmittel und musste sein Bedürfnis zurückhalten, bis er zuvor ausreichend gesäubert hatte. Diese Aufgabe war allerdings kaum erfüllbar!

Zufrieden ließ ich mich auf meinen zum Thron vergrößerten Sessel sinken und streckte meine Beine mit den scharfen Schuhen aus. Diese sollten mal wieder geputzt werden!

Ulrike Baumgärtel

Wenn vier sich streiten

Rolf

»Das war doch ein schönes Fest, oder?«

Als sie ihr Haus betraten, achtete Rolf darauf, seiner Frau aus dem Mantel zu helfen und Smalltalk zu betreiben. Ursulas schlanken Körper, ihre dunkelbraunen Haare und mandelförmigen Augen fand er noch immer attraktiv, aber diesen stets unzufriedenen Gesichtsausdruck, der sich während der vergangenen Monate in ihre Züge gegraben hatte, bekam er langsam satt.

Und wieder bestätigte sie diesen Eindruck. »Na ja, war ganz nett, aber wenn ich jetzt nicht gleich aus diesem engen Kleid und den hohen Schuhen rauskomme, raste ich aus!«

Er ging durch den Flur voraus, um Ursula die Wohnzimmertür aufzuhalten und das Licht einzuschalten.

»Was ist denn hier passiert?«, entfuhr es ihm. Er war stolz darauf, dass er sich so entsetzt angehört hatte.

Ursula drängelte sich ungeduldig an ihm vorbei, und gemeinsam betrachteten sie das Chaos im Wohnzimmer. Alles lag kreuz und quer, die unzähligen Schmuckkassetten waren aus den nachgemachten Bucheinbänden herausgezogen und leer. In der Scheibe des offenen Fensters prangte ein großes Loch, unter welchem auf dem Teppichboden Glasscherben im Licht der Deckenlampe funkelten.

»O Gott, o Gott, all mein schöner Schmuck ist weg, all meine uralten, wertvollen Erbstücke von meiner Oma!«

Klar, natürlich dachte Ursula als Erstes an ihren Schmuck und nicht an die Zwillinge im oberen Stockwerk.

»Liebling, das zahlt doch sowieso alles die Versicherung«, sagte er, um einer Heulattacke zuvorzukommen. »Schau lieber schnell oben nach den Kindern, ich rufe solange die Polizei.« Schließlich würde er das Protokoll der Beamten dringend brauchen.

Er vergewisserte sich, dass Ursula tatsächlich die Treppe hinaufstieg, bevor er im Wohnzimmer ausführlich prüfte, ob alles zu seiner Zufriedenheit arrangiert war. Erst danach rief er bei der Polizei an, meldete den Einbruch und setzte sich auf die Couch, um auf das Eintreffen der angekündigten Streifenbeamten zu warten. Die Zeit vertrieb er sich mit liebevollen Blicken auf das Foto, das er seit einem Vierteljahr immer in der Brieftasche mit sich herumtrug. Blaue Augen, hüftlange kupferrote Haare, sinnlicher Mund. Franny durfte er sie nennen, Rolfs selbst erdachte, besonders liebevolle Abwandlung ihres Namens.

Er erschrak, als Ursula und die Kinder zu ihm ins Wohnzimmer kamen. Blitzschnell ließ er das Foto in seiner Hosentasche verschwinden.

Ursula hatte sich etwas Bequemes angezogen. Dominics geliebte Kopfhörer hingen ihm um den Hals, und Jessica presste ihr unvermeidliches Handy an sich, ohne das sie nicht einmal auf die Toilette ging. Ursula sah schon wieder aus, als würde sie jeden Moment losheulen. Dominics Gesicht war bemerkenswert ausdruckslos, während Jessica sich mit großen, runden Kulleraugen im Wohnzimmer umsah.

Es klingelte an der Haustür. Rolf öffnete, ließ einen kleinen, dicken Mann sowie eine große, dürre Frau in Uniform herein und führte sie ins Wohnzimmer. Kaum konnte er ein nervöses Lachen unterdrücken, so sehr erinnerten ihn die beiden an dieses berühmte Komiker-Duo, das in früheren Zeiten so oft im Fernsehen gezeigt worden war. »Doof« stellte sich als Hauptwachtmeisterin Bohn vor, »Dick« war Wachtmeister Ball. Nach der Begrüßung ermahnten die Polizisten zunächst die Familie, im Raum nichts zu verändern. Rolf beobachtete mit Argusaugen, wie Bohn und Ball zahlreiche Fotos mit ihren Handys schossen, das eingeschlagene Fenster intensiv untersuchten und schließlich ihre Kollegen von der Spurensicherung anforderten. Anschließend bat Bohn, mit jedem Familienmitglied einzeln zu sprechen. Ball setzte sich so hin, dass er auf seinem Block mitschreiben konnte.

Zuerst war es Rolf, der alleine mit den Beamten im Wohnzimmer blieb. Auf Bohns Aufforderung hin berichtete Rolf und konzentrierte sich darauf, dass er nichts Unüberlegtes sagte.

»Meine Frau und ich waren auf einem Geburtstagsfest eingeladen und kamen gegen Mitternacht nach Hause zurück. Zu unserem Schrecken entdeckten wir den Einbruch. Meine Frau sah nach den Kindern im Obergeschoss, und ich rief Sie an. Mehr kann ich leider nicht zur Aufklärung beitragen.«

Bohn stellte noch ein paar Fragen zu Einzelheiten und bat um eine Auflistung der gestohlenen Gegenstände. Rolf verwies sie an Ursula, da diese ihren Familienschmuck am besten kannte. Anschließend forderte Bohn Rolf auf, das Zimmer zu verlassen und das nächste Familienmitglied hereinzuschicken. Als Dominic an

Rolf vorbei zur Wohnzimmertür ging, nickten sich Vater und Sohn verstohlen zu.

Dominic

»Tschüss, viel Spaß!«, rief Dominic seinen Eltern nach, als er hörte, wie sie zu dieser öden Party aufbrachen. Schließlich wollte er ja nicht sein Image als guter Sohn ankratzen. Bei angelehnter Tür wartete er in seinem Zimmer, um sicher zu gehen, dass Mama nicht noch einmal zurückkam, weil sie mal wieder etwas vergessen hatte. Nach einer Weile schlich er auf den Flur und horchte an Jessicas Zimmertür. Eine Erleichterung, dass sie auch einmal ihrer Gesprächspartnerin zuhörte, anstatt unaufhörlich selbst zu reden. Wie es ihn nervte, dieses Girlie-Gegacker am laufenden Band, wenn sie mit einer ihrer albernen Freundinnen telefonierte. Dabei war seine Schwester älter als er, immerhin elf Minuten! Und diese Themen, einfach grässlich. Alles drehte sich um Klamotten, Schminke und Frisuren. Doch als er kürzlich mal einen Outfit-Tipp für eine besondere Gelegenheit von ihr gebraucht hätte, hatte er nur Hohn und Spott geerntet.

Nun, heute sollte ihm dieses unaufhörliche Handy-Gequassel recht sein, konnte er doch so sein Vorhaben ungestört in die Tat umsetzen. Dominic setzte sich seine geliebten Kopfhörer auf die Ohren – *Diese Mucke passt super zu unserem Plan!* – und ging leise nach unten, um sich zunächst aus der Küche einen Stoffbeutel und ein Geschirrtuch zu holen. Im Wohnzimmer zog er anschließend die unzähligen Schmuckkassetten aus den nachgemachten Bucheinbänden heraus, leerte sie und stopfte Mamas Schmuck in den Stoffbeutel. Dann warf er alles kreuz und quer herum und richtete ein ziemliches Chaos an. Er verließ das Haus durch die Terrassentür, versteckte den Beutel mit dem Schmuck an der verabredeten Stelle in der Garage, band sich das Geschirrtuch um den Arm und schlug mit dem Ellbogen das Wohnzimmerfenster ein. Durch das Loch konnte er das Fenster von außen öffnen. Wieder im Wohnzimmer, schloss er die Terrassentür und ging mit den Augen noch einmal den ganzen Raum durch.

Ja, dachte er, *so würde es ein echter Einbrecher auch machen.* Zufrieden suchte er wieder sein Zimmer auf, um endlich für die angestrebte Karriere weiter zu üben.

So vertieft in Musik und Tanzen trafen ihn Stunden später Mama und Jessica an. Mama, nun in Jeans und T-Shirt, zitterte und wischte sich dauernd mit der Hand über die Augen.

»Gott sei Dank ist euch nichts passiert! Stellt euch vor, unten ist eingebrochen worden. Mein gesamter Schmuck von Uroma ist weg, und überall im Wohnzimmer ist der Einbrecher gewesen, o Gott, o Gott!«

Dominic achtete auf einen nichtssagenden Gesichtsausdruck und folgte der anscheinend schreckensstarren Jessica und der weiterhin vor sich hin jammernden Mama nach unten. Dort saß Papa auf der Wohnzimmercouch und schob schnell irgendetwas in seine Hosentasche, als die drei den Raum betraten.

Es klingelte an der Haustür. Papa stand auf und führte gleich darauf einen kleinen, dicken Mann sowie eine große, dürre Frau in Uniform ins Wohnzimmer.

Donnerwetter, dachte Dominic bewundernd, *Papa ist echt kalt-blütig, er kann sich ja das Lachen kaum verkneifen.* Die Hässliche stellte sich als Hauptwachtmeisterin Bohn vor, der Zwerg war Wachtmeister Ball. Dominic beobachtete mit schweißnassen Händen, wie Bohn und Ball zahlreiche Fotos mit ihren Handys schossen, das eingeschlagene Fenster intensiv untersuchten und schließlich ihre Kollegen von der Spurensicherung anforderten.

Papa scheuchte den Rest der Familie aus dem Raum. Die drei zogen sich in die Küche zurück und schwiegen sich an. Nach einer gefühlten Ewigkeit hörte Dominic Papa nach ihm rufen. Als sie sich zwischen Küche und Wohnzimmer begegneten, konnten sich beide einen verstohlenen Blickkontakt nicht verkneifen.

»Ich war den ganzen Abend in meinem Zimmer und habe nichts gesehen und nichts gehört«, stieß er gleich hervor. »Ich hatte meine Kopfhörer auf, weil ich tanzen übe. Sobald ich achtzehn bin, kann ich mich bei dieser Castingshow im Fernsehen bewerben, und dann komme ich ganz groß raus. Hoffe ich.« Seine Augen glänzten. »Na ja, jedenfalls habe ich erst aufgehört, als Mama und meine Schwester ins Zimmer gekommen sind. Da war es schon ziemlich spät.«

Mehr verriet er nicht, also bat Bohn ihn, eine der beiden Frauen hereinzuschicken. Bei der Begegnung in der Küchentür streckte er Jessica die Zunge heraus. Sie erwiderte die reizende Geste.

Jessica

Jessica bekam das Gespräch zwischen Papa und Dominic gar nicht aus dem Kopf, das sie gestern zufällig gehört hatte. Na ja, wenn sie ehrlich war, hatte sie absichtlich gelauscht, weil sie endlich wissen wollte, weswegen die beiden seit ein paar Tagen ständig die Köpfe zusammensteckten. Deshalb verpasste Jessica auch beinahe den Aufbruch der Eltern zu irgend so einer Erwachsenenparty. Sie konnte sich gerade noch ihr Wichtiger-als-alles-andere-Handy aus der Ladestation schnappen, zum Fenster im oberen Flur laufen und ihnen von dort aus »Ich wünsche euch viel Spaß« nachrufen. Sie mussten ab und zu daran erinnert werden, dass sie die gute Tochter war.

Da sie sowieso schon im Flur war, konnte sie auch gleich zur Toilette gehen und dort warten. Sie horchte angestrengt. Irgendwann musste er ja aus seinem Zimmer kommen und es tun.

Nach einer Weile hörte sie, wie Dominic zur Treppe schlich. Ganz vorsichtig folgte sie ihm und beobachtete, wie er unten in die Küche ging. Mit einem Stoffbeutel und einem Geschirrtuch kam er wieder heraus und ging wie erwartet ins Wohnzimmer. Dort zog er die unzähligen Schmuckkassetten aus den nachgemachten Bucheinbänden heraus, leerte sie und stopfte Mamas Schmuck in den Stoffbeutel. Dann richtete er ein ziemliches Durcheinander an und verließ das Haus durch die Terrassentür. Das gab Jessica die Gelegenheit, ihrem Bruder nach draußen zu folgen. Er verschwand in der Garage und kam ohne den Schmuckbeutel zurück. *Aha!*

Nun musste sie sich beeilen, sich in den Garten zurückzuziehen, damit er sie nicht entdeckte. Sie beobachtete, wie er vom Garten aus das Wohnzimmerfenster einschlug. Durch das Loch öffnete er das Fenster von außen. Sobald er wieder im Wohnzimmer war, schloss er die Terrassentür.

Verdammt, da muss ich wohl gleich den Einbrecher-Weg neh-men.

Sie beobachtete, wie sein Blick aufmerksam durch das Zimmer schweifte und er anschließend in Richtung Treppe davon ging. Bestimmt würde er in seinem Zimmer weiter für die angestrebte Karriere üben.

Als sie es wieder zurück ins Haus geschafft hatte, grinste sie zufrieden. Vom Verlassen der Küche bis zum Einschlagen des Fensters hatte sie Dominic durchgehend verfolgen können. Sie steckte ihr Handy – wie gut, dass sie sich eines mit besonders guter Videoauflösung hatte schenken lassen – wieder an seinen angestammten Platz in der rechten Gesäßtasche. Oben in ihrem Zimmer lud sie den Film gleich auf ihren Laptop und zog zusätzlich noch eine Kopie auf einen USB-Stick. Dann rief sie entspannt ihre beste Freundin an und plauderte mit ihr, bis Stunden später Mama in der Tür stand und sie mit Tränen in den Augen bat, mit ihr zu Dominic zu gehen. Der schien ganz vertieft in Musik und Tanzen.

»Gott sei Dank ist euch nichts passiert! Stellt euch vor, unten ist eingebrochen worden, der gesamte Schmuck von Uroma ist weg, und überall im Wohnzimmer ist der Einbrecher gewesen, o Gott, o Gott!«

Jessica achtete darauf, schreckensstarr zu wirken, und ging vor dem scheinbar emotionslosen Dominic und der weiterhin vor sich hin jammernden Mama nach unten. Dort saß Papa auf der Wohnzimmercouch und versteckte hastig etwas in seiner Hosentasche.

Es klingelte an der Haustür. Papa stand auf und führte gleich darauf einen kleinen, dicken Mann sowie eine große, dürre Frau in

Uniform ins Wohnzimmer. Musste sich Papa aus lauter Nervosität das Lachen verkneifen? Wahrscheinlich.

Das Model stellte sich als Hauptwachtmeisterin Bohn vor, der Knuddelige war Wachtmeister Ball. Jessica beobachtete interessiert, wie Bohn und Ball zahlreiche Fotos mit ihren Handys schossen, das eingeschlagene Fenster intensiv untersuchten und schließlich ihre Kollegen von der Spurensicherung anforderten.

»Ich war den ganzen Abend in meinem Zimmer und habe nichts gesehen und nichts gehört«. Vermutlich hatte Dominic den Polizisten dasselbe erzählt. »Ich konnte nicht mit meiner Freundin ausgehen, weil sie auf ihre kleinen Geschwister aufpassen musste. Deshalb haben wir den ganzen Abend telefoniert, schließlich bespricht sich eine Frau am liebsten mit der besten Freundin, wie sie sich ganz besonders attraktiv herrichten kann.« Dem Knuddeligen schenkte sie einen verführerischen Augenaufschlag. »Na ja, jedenfalls habe ich erst aufgehört zu telefonieren, als Mama ins Zimmer gekommen ist. Das war irgendwann nach Mitternacht.«

Sie gab sich gelangweilt und weigerte sich, weitere Fragen zu beantworten. Also bat Bohn sie, Mama als Letzte ins Wohnzimmer zu holen. In der Küche bedachte Jessica Mama mit einem prüfenden Blick. Ob sie wohl irgendeine Ahnung hatte, was zurzeit in dieser Familie abging? Und was war bloß in Mama gefahren, dass sie ihre Tochter plötzlich so heftig umarmte, bevor sie sich zu den Polizisten begab?

So, jetzt galt es. Jessica gab Dominic durch Gestik und Mimik zu verstehen, dass er aus der Küche kommen und ihr ans entfernte Ende des Flurs in die Nische mit dem Schuhschrank folgen sollte.

Sie trat demonstrativ vor ihren Bruder und streckte fordernd die rechte Hand aus.

»Zwei Drittel der Versicherungssumme für mich, sonst bekommt die Polizei das Handy-Video, das ich von deiner Aktion aufgenommen habe. Hat Papa dich angestiftet, oder war es deine Idee?«

Mit Vergnügen beobachtete sie, wie Dominics Gesicht zuerst rot, dann blass, dann wieder rot wurde. Bis ihm eine Erwiderung einfiel, konnte sie nicht warten. Um nicht aufzufallen, begab sie sich wieder in die Küche zu Papa, wohin ihr Dominic kurz darauf folgte. Er wirkte irgendwie bedrückt.

Ursula

»Das war doch ein schönes Fest, oder?«

Schon wieder dieser Smalltalk von Rolf, das nervte. Immerhin hatte er Ursula aus dem Mantel geholfen. Den Gentleman in sich konnte er also nicht vollständig unterdrücken, zumal er mit seinen graumelierten, immer noch vollen Haaren und den leuchtend grünen Augen auch wie einer aussah. In den vergangenen Monaten hatte sich Rolf immer verdächtiger benommen.

Hat er einen Plan gefasst, wie er seine Geliebte finanzieren kann? Etwa auf meine Kosten?

Doch dann dachte sie an ihr eigenes Geheimnis, und der Zorn trat in den Hintergrund.

»Na ja, war ganz nett, aber wenn ich jetzt nicht gleich aus diesem engen Kleid und den hohen Schuhen rauskomme, raste ich aus!«, antwortete sie wahrheitsgemäß.

Natürlich musste Rolf wieder der Erste sein, der die Wohnzimmertür erreichte und das Licht einschaltete.

»Was ist denn hier passiert?« Ihr Mann hörte sich entsetzt an. Ursula drängelte sich an ihm vorbei. Entsetzt starrte sie auf die leeren Schmuckkassetten. Jetzt hatte sich ihre Vorahnung bestätigt. Sie hatte nicht gewusst, welch guter Schauspieler in ihrem Mann steckte.

»O Gott, o Gott, all mein schöner Schmuck ist weg, all meine uralten, wertvollen Erbstücke von meiner Oma!«, rief sie theatralisch aus, nur um augenblicklich ihren Fehler zu bemerken. Natürlich hätte sie als Erstes lautstark Angst um die Zwillinge äußern müssen!

»Liebling, das zahlt doch sowieso alles die Versicherung«, versuchte dieser Heuchler, sie zur Ruhe zu bringen. »Schau lieber schnell oben nach den Kindern, ich rufe solange die Polizei.« Und jetzt musste sie auch noch seinem Befehl folgen, um ihn nicht misstrauisch zu machen. Wie grässlich!

Am Fuß der Treppe warf sie einen Blick zurück und beobachtete, wie Rolf im Zimmer umherlief und sich alles genau ansah. Sie selbst würde sich zuerst etwas Bequemes anziehen und dann die Kinder mit nach unten nehmen. Es gelang ihr sogar, ein weinerliches Gesicht aufzusetzen, bevor sie an Jessicas Tür klopfte, um diese zu bitten, mit zu Dominic zu gehen. Der schien ganz vertieft in Musik und Tanz.

»Gott sei Dank ist euch nichts passiert! Stellt euch vor, unten ist eingebrochen worden, der gesamte Schmuck von Uroma ist weg, und überall im Wohnzimmer ist der Einbrecher gewesen, o Gott, o Gott!«

Sie zitterte und wischte sich immer wieder mit der Hand über die Augen. Zu dick durfte sie nicht auftragen, damit sie glaubwürdig blieb.

Schließlich folgte sie der schreckensstarren Jessica und dem anscheinend emotionslosen Dominic nach unten. Dort saß Rolf auf der Wohnzimmercouch und schob schnell irgendetwas in seine Hosentasche, als die drei den Raum betraten.

Es klingelte an der Haustür. Rolf, ganz das große Familienoberhaupt, stand auf und führte gleich darauf einen kleinen, dicken Mann sowie eine große, dürre Frau in Uniform ins Wohnzimmer. Wieso nur musste er sich das Lachen verkneifen? Nun, an Pat und Patachon erinnerten die beiden schon ein wenig.

Ursula dachte fieberhaft nach und bekam nur nebenbei mit, wie Bohn und Ball das Szenario untersuchten.

»Mein Mann und ich kamen gegen Mitternacht von einer Feier nach Hause. Als wir den Einbruch bemerkten, schaute ich nach den Kindern, und mein Mann rief Sie an. Aber das hat Ihnen mein Mann bestimmt schon erzählt.«

Bohn stellte noch ein paar Fragen zu Einzelheiten und bat um eine Auflistung der gestohlenen Gegenstände. Anschließend verabschiedeten sich Bohn und Ball und versprachen, sich zu melden, sobald sie erste Erkenntnisse gesammelt hätten.

Auf dem Weg zu den anderen Familienmitgliedern in die Küche sah Ursula gerade noch, wie Dominic Rolf ans entfernte Ende des Flurs zog. Genau neben der Nische mit dem Schuhschrank befand sich die Gästetoilette. Diese gute Gelegenheit konnte Ursula sich einfach nicht entgehen lassen. Sie huschte hinein, gerade rechtzeitig, um die Unterhaltung zwischen Vater und Sohn belauschen zu können.

»Papa, ich brauche zwei Drittel der Versicherungssumme, sonst fliegen wir auf.« Dominics Stimme hörte sich weinerlich an. Wie abstoßend!

»Was sagst du da?« Das Entsetzen in Rolfs Stimme klang echt. Gut so!

»Ja, Jessica hat gesagt, dass sie mich gefilmt hat, als ich den Einbruch vorgetäuscht habe. Ich glaube ihr, ihr Handy ist ja praktisch bei ihr angewachsen.«

Ja, das glaubten alle!

Ursula hatte genug gehört. Sie zog die Tür zu, schloss ab und probierte erfolgreich aus, ob das dumme Kind sein Geburtsdatum als Handy-Passwort gewählt hatte. Sie war immer noch erstaunt, dass Jessica sich so einfach bei einer Umarmung ihr Handy aus der Gesäßtasche hatte stehlen lassen. Der Film war tatsächlich sehr aufschlussreich, das Mädchen hatte einen Blick für das Wesentliche. Das Schmuckversteck in der Garage würde Ursula schon finden.

In die Küche wollte sie jetzt nicht zurück, denn es stand zu befürchten, dass jeder jeden misstrauisch beäugen würde. Also blieb sie, wo sie war, und gönnte sich einen langen, liebevollen Blick auf das Foto, das sie seit zwei Wochen immer in Hand- oder Hosentasche mit sich herumtrug. Nie hätte sie geglaubt, dass eine Frau solche Gefühle in ihr wecken könnte. Blaue Augen, hüftlange kupferrote Haare, sinnlicher Mund. Sissa durfte sie sie nennen, Ursulas selbst erdachte, besonders liebevolle Abwandlung ihres Namens.

Franziska

Diese Haarfarbe zu ihrer Augenfarbe war eine gute Idee gewesen, sie machte Männer wie Frauen verrückt. Und schließlich brauchte sie für ihren ausgeklügelten Coup schon die – gerne auch intime – Nähe zu zwei Mitgliedern dieser dummen, reichen Familie, um immer auf dem Laufenden zu sein. Einer von beiden würde ihr den Schmuck – oder das Versicherungsgeld, das war ihr egal – schon bringen.

Und dann ... Versonnen nahm sie ihre einzige wirkliche Freundin zur Hand und strich ihr liebevoll über Abzugshebel und Lauf.

Die Autoren

Bianca Heidelberg
schreibt seit 2013 Kurzgeschichten, die meist tödlich enden. Und das mit Erfolg. Neben etlichen Veröffentlichungen in Anthologien gewann sie den 2. Preis beim Mannheimer Literaturpreis der Räuber '77 (2015) und wurde für den Agatha-Christie-Krimipreis nominiert (2014). Sie ist Jahrgang 1980 und lebt mit Mann und Kindern im Kraichgau.
Weitere Informationen unter: www.biancaheidelberg.de

Björn Sünder
schreibt seit seiner Schulzeit Kurzgeschichten, die in unterschiedlichen Genres zu Hause sind. Seit 2004 verfeinert er durch den Besuch von Schreibwerkstätten das Handwerk des Schreibens immer weiter. Er hat zahlreiche Kurzgeschichten in verschiedenen Anthologien veröffentlicht. Björn Sünder wurde 1979 in Baden-Württemberg geboren und ist seitdem mit dieser Region fest verwurzelt.

Hedda Fischer

Geburtsjahr 1945. Kindheit, Schulzeit, Jugend in Berlin erlebt. Auslandsjahre in Belgien und Venezuela von 1968 bis 1988. Dann Arbeitsplätze als Sekretärin in verschiedenen Büros in Würzburg, Wuppertal und Berlin.

2006 Umzug nach Heilbronn.

Endlich Zeit zum Schreiben: Zwei Kriminalromane sind entstanden („naguanagua" - bei tredition - und „Posta mortale" - bei Phil*Creativ erschienen), ein dritter ist in Vorbereitung und Kurzgeschichten.

Monika Huhn,

Jahrgang 1959, hat erst im Alter von 58 Jahren zum Schreiben gefunden. Kurzgeschichten, in erster Linie Krimis, stehen bei ihr im Mittelpunkt. Eine ihrer ersten Geschichten war unter den 30 besten Einsendungen eines Krimiwettbewerbs und wurde in der Anthologie des Odenwälder Krimipreises veröffentlicht. Sie lebt mit ihrem Mann in einem Stadtteil von Bruchsal.

Ramona Astner

ist das jüngste Mitglied der Heilbronner Schreibtischtäter. Sie wurde in Baden-Württemberg geboren und schreibt seit ihrem 12. Lebensjahr Kurzgeschichten der verschiedensten Genres. Durch den Austausch innerhalb der Autorengruppe und Besuche von Schreibseminaren verfeinert sie das Handwerk des Schreibens immer weiter.

Tom H. Eschen

ist ein Kind der "goldenen" sechziger Jahre, geboren und aufgewachsen in Heilbronn, Studium in Heidelberg, berufstätig in Stuttgart. Der Neckar durchzieht somit als roter Faden sein Leben.
Schon während der Schulzeit begann er, fantastische Geschichten zu schreiben und in Fanzines zu veröffentlichen. Jahrzehntelang ruhte danach dieses Hobby, bis er es 2014 wieder entdeckte und Gleichgesinnte traf. Erste Veröffentlichungen als Selfpublisher von ebooks erfolgten und 2018 erschien mit Nullacron sein erstes gedrucktes Buch.
Homepage: escheswelt.wordpress.com

Ulrike Baumgärtel,

Jahrgang 1961, konnte bei ihrem Grundschuleintritt dank ihrer Großmutter bereits lesen, was zu einer lebenslangen Leidenschaft werden sollte.
Den Ausschlag, endlich auch ins Schreiben einzusteigen, gab die Ausschreibung eines entsprechenden Kurses im VHS-Programmheft, zu dem man seinen Lieblingsstift mitbringen sollte.
Bei der VHS lernte Uli einige »Heilbronner Schreibtischtäter« kennen, die sie inspirierten, sich mit dem Kurzkrimi »Wenn vier sich streiten« an der Anthologie »Familienbande« zu beteiligen. Jetzt hat sie Blut geleckt.

Die **Heilbronner Schreibtischtäter**
sind eine Gruppe von Autoren, die sich regelmäßig treffen, um gemeinsam an ihren Texten zu feilen, zu fachsimpeln, Erfolge zu feiern und gemeinsam Spaß zu haben. Das erste Treffen und Beschnuppern fand im Sommer 2014 statt. Schnell war klar, dass die Chemie stimmt, und sie vereinbarten, sich regelmäßig zu treffen. Etwa ein Jahr später war die Zeit für einen Namen gekommen, und so nennt sich die Autorengruppe seit Oktober 2015 »Heilbronner Schreibtischtäter«. Seit 2018 veranstalten die Heilbronner Schreibtischtäter regelmäßig die offene Lesebühne »Rauchzeichen«.

www.heilbronnerschreibtischtaeter.jimdo.com

Bianca Heidelberg & Björn Sünder

Mordsdelikatessen

25 Krimihäppchen

ISBN

Paperback: 978-3-7323-5137-4

e-Book: 978-3-7323-5138-1

Mörder mit Gewissen, wehrhafte Opfer und mysteriöse Todesfälle

Ein Flusspferd wird zur Waffe. Ein Therapieversuch endet im Desaster. Ein Buch entscheidet über Leben und Tod. Einem Grabräuber werden seine Taten zum Verhängnis.

Bianca Heidelberg und Björn Sünder präsentieren in dieser Anthologie 25 Kurzkrimis, mal böse, mal skurril, hier und da gewürzt mit fantastischen Elementen. Darunter »Brücke in die Freiheit« (2. Preis beim Mannheimer Literaturpreis 2015) sowie die verlängerte Fassung von »Gefährlicher Mutterinstinkt« (nominiert für den Agatha-Christie-Krimipreis 2014).

Hedda Fischer

Posta Mortale

... wenn Briefe töten

ISBN

Paperback: 978-3-9282-7712-9

Diebstahl und Tod im philatelistischen Milieu? Das ist eher die Ausnahme.

Rechtsanwalt Gregori Klasen, mit seinen 82 Jahren ein schon älterer Herr, hat jahrelang Briefe gesammelt und stellt sie noch einmal aus, bevor er seine postgeschichtlichen Sammlungen verkaufen will. Auf der großen bilateralen Ausstellung in Hannover greifen seine sich ständig in Geldnöten befindenden Enkel zu und stehlen eine Anzahl Briefe. Doch vor der Halle wird der Enkel angeschossen ...

Was geschah also wirklich auf dieser Rang-1-Ausstellung in Hannover? Was erfuhr die Öffentlichkeit über die Täter und die Händler? Oder wurde gar etwas von dem Hannoverschen Verein unter den Teppich gekehrt? Dieses Buch erzählt die wahre Geschichte.

Tom H. Eschen

Attentat im Ceres Beach Ressort

ISBN

e-Book: 978-3-7396-1134-1

Eine Episode aus dem abenteuerlichen Leben des Raumpiloten Hyper-Greg.

Hyper-Greg, marsgeborener Pilot der Raumflotte der Menschheit, verhindert zufällig ein Attentat im Ceres-Beach-Resort. Dies ist der Auftakt zu einem seiner spektakulären Abenteuer!
Hyper-Greg und seine Kommandantin Lydia Topova müssen weitere Attentate auf und um den Zwergplaneten Ceres verhindern.
Eine Episode aus dem 27. Jahrhundert meines Omniversums.

FSC
www.fsc.org
MIX
Papier | Fördert
gute Waldnutzung
FSC® C083411

Zeitfracht Medien GmbH
Ferdinand-Jühlke-Straße 7
99095 Erfurt, Deutschland
produktsicherheit@kolibri360.de